COLLECTION FOLIO

G. K. Chesterton

Trois enquêtes du Père Brown

Traduit de l'anglais
par Yves André

Gallimard

Ces nouvelles sont extraites de *La sagesse du Père Brown*
(Folio n° 1656).

Titres originaux :

THE ABSENCE OF MR GLASS
THE PARADISE OF THIEVES
THE PERISHING OF THE PENDRAGONS

De sang français et écossais, fils d'un gérant d'immeubles, Gilbert Keith Chesterton naît à Londres, en mai 1874. Dès l'époque de ses études au collège Saint-Paul, il révèle sa nature fougueuse et entêtée, son besoin d'indépendance et manifeste un grand enthousiasme pour les idées démocratiques. Attiré par le journalisme, il écrit des articles d'une étonnante vigueur dans l'organe du club de discussions intellectuelles qu'il a fondé dans son collège, *The Debater*. Excellant aussi en peinture et dessin, il suit des cours à la Slade School of Art parallèlement à des études de lettres, malgré le désir de son père de le voir étudier à Oxford. Il débute véritablement dans le journalisme en 1899 par la publication de critiques littéraires et d'articles de polémique. Il rencontre Asquith, lord Morley et Winston Churchill. À la même époque, il se lie avec Henry James et Hilaire Belloc. En 1900, il publie ses premiers livres : *L'impétueux chevalier* et *Les vieillards s'amusent* et, l'année suivante, épouse Frances Blogg, la fille d'un diamantaire londonien. Son libéralisme et ses talents de polémiste sont mis à contribution lors de la guerre d'Afrique du Sud ; il prend parti pour les Boers et attaque violemment l'impérialisme de Kipling. Les années qui suivent sont remplies de retentissantes controverses, religieuses avec Robert Blatchford et Joseph Mac Cabe, sociales avec H. G. Wells quand il dénonce le danger des utopies socialistes, et philosophiques avec George Bernard Shaw : elles sont recueillies en 1905 dans *Hérétiques*. Chesterton n'a cependant pas abandonné la critique littéraire et écrit divers essais fins et pénétrants : *La vie de Robert Browning*, *Charles Dickens*, *L'Époque victorienne en littérature* et *R. L. Stevenson*. Il publie aussi des romans : *Le Napoléon de Notting Hill*, d'inspiration fantastique, paraît en 1904 et *Le nommé Jeudi*, livre apologétique sous forme d'autobiographie spirituelle, en 1908. Il s'installe dans la petite ville de Beaconsfield où il fait la connaissance du Père O'Connor qui lui servira de modèle pour les histoires du Père Brown, prêtre détective : *L'innocence du Père Brown*, *La sagesse du Père Brown*, *L'incrédulité du Père Brown*, *Le secret du Père Brown* et *Le scandale du Père Brown*. Attiré par la foi catholique dès 1905, Chesterton affirme ses tendances chrétiennes dans *La Sphère et la Croix*, livre qui entraîne sa rupture avec ses amis libéraux auxquels il adresse l'année suivante *Ce qui cloche dans le monde*. La guerre de 1914 le pousse à prendre violemment position contre l'Allemagne luthérienne dans *Les crimes de l'Angleterre* où il dénonce tout ce qui, depuis la Réforme, a contribué à rapprocher son pays du monde germanique protestant. Peu après, il scandalise les historiens par l'originalité spirituelle de sa *Petite histoire d'Angleterre*. À la mort de son frère Cecil, tombé au front, il prend sa suite comme rédacteur en chef de la revue *The New Witness* qui devient ensuite le *G. K.'s Weekly*. Un voyage à Jérusalem achève de le rapprocher de l'Église catholique ; il se convertit en juillet 1922 sous l'égide du Père O'Connor. Ses écrits témoignent de cette conversion ; ce qui l'attire dans le catholicisme, c'est le caractère scandaleux de son message pour la sagesse humaine. Il s'enfièvre de voir la révélation humilier la science et défier la logique. Engagé à la BBC, ses causeries font de lui l'un des hommes les plus populaires d'Angleterre, tandis que les universités américaines et européennes lui réclament cours et conférences. En 1936, l'année de sa mort, paraît son autobiographie, *L'homme à la clef d'or*, dans laquelle Chesterton bavarde familièrement avec Chesterton et parfois même se moque de lui.

Écrivain prolixe, auteur de plus de cent livres, il reste l'un des plus puissants tempéraments littéraires de l'Angleterre du XXᵉ siècle.

Découvrez, lisez ou relisez les livres de G. K. Chesterton :

LA SAGESSE DU PÈRE BROWN (Folio n° 1656)

LE CLUB DES MÉTIERS BIZARRES (L'Imaginaire n° 472)

LE NAPOLÉON DE NOTTING HILL (L'Imaginaire n° 435)

LE POÈTE ET LES LUNATIQUES (L'Imaginaire n° 92)

LE NOMMÉ JEUDI (L'Imaginaire n° 465)

L'absence de Mr Glass

Les salles de consultation du Docteur Orion Hood, criminologiste éminent et psychiatre à Scarborough, se trouvaient face à la mer et présentaient une rangée de grandes fenêtres à la française d'où l'on voyait la mer du Nord semblable à un mur infini de marbre bleu-vert. Les chambres elles-mêmes étaient d'une monotonie et d'une propreté presque comparables à celles de la mer. Il ne faut pourtant pas croire que l'appartement du Docteur Hood était dénué de luxe et même de poésie. Ces éléments s'y trouvaient à leur place et on sentait qu'ils n'en changeaient jamais. Le luxe était là ; sur une table spéciale se trouvaient huit ou dix boîtes des meilleurs cigares ; mais elles étaient disposées de telle sorte que les plus forts étaient toujours du côté du mur et les plus doux du côté de la fenêtre. Une cave à liqueurs contenant trois sortes d'alcools des meilleures marques se trouvait toujours sur cette table luxueuse ; mais des personnes douées d'imagination avaient as-

suré que le whisky, le brandy et le rhum ne semblaient jamais changer de niveau. La poésie était
là : du côté gauche de la pièce, le mur était tapissé
des œuvres complètes des classiques anglais ; du
côté droit, des ouvrages scientifiques anglais et
étrangers. Mais si on enlevait un volume de Chau-
cer ou de Shelley de sa rangée, son absence irritait
comme celle d'une dent de devant dans la bouche.
On ne pouvait pas dire que ces livres n'étaient jamais lus ; on les lisait probablement, mais ils avaient
l'air d'être enchaînés à leur place comme les bibles
dans les vieilles églises. Le Docteur Hood se comportait avec sa propre bibliothèque comme si
c'était un cabinet de lecture public. Et si cette in-
tangibilité scientifique était observée pour les rayons
contenant des œuvres lyriques et les tables supportant des cigares et des boissons, inutile de dire que
les autres rayons abritant les ouvrages scientifiques et les autres tables sur lesquelles étaient posés
les fragiles et presque féeriques instruments de chimie et de mécanique, jouissaient d'un respect encore plus profond.

Le Docteur Orion Hood arpentait son appartement, limité – pour s'exprimer comme dans les livres de géographie – à l'est par la mer du Nord et
à l'ouest par les rangées serrées de ses livres de
criminologie et de sociologie. Il était habillé de velours comme un artiste, mais sans aucun désordre
artistique ; ses cheveux striés d'argent étaient épais
et brillants ; sa figure était d'une maigreur qui

n'avait rien de maladif. Tout ce qui l'entourait avait quelque chose de rigide et d'inquiet comme cette grandiose mer du Nord, auprès de laquelle (par simple principe d'hygiène) il s'était établi.

La destinée, voulant faire une plaisanterie, avait ouvert la porte et introduit, dans cette grande et sévère maison au bord de la mer, un être qui était bien ce qu'il y avait de plus différent de ce lieu et de son maître.

Après un « Entrez » un peu sec, mais poli, la porte de la pièce s'ouvrit, livrant passage à un petit être informe qui paraissait aussi embarrassé de son chapeau et de son parapluie que s'il était porteur d'une quantité de bagages. Le parapluie était un paquet noir et inélégant maintes fois rapiécé, le chapeau était noir et à larges bords roulés, ecclésiastique sans aucun doute, mais d'un modèle peu courant en Angleterre ; l'homme était la personnification de la simplicité et de la maladresse.

Le docteur regarda le nouveau venu avec un ahurissement à peine déguisé, comme s'il se fût trouvé en présence d'un monstre marin, mais évidemment inoffensif. Le nouveau venu, de son côté, regarda le docteur d'un air aimable avec la satisfaction d'une grosse femme de journée essoufflée qui vient à grand-peine de se hisser dans un omnibus, un mélange de contentement de soi et de désarroi physique. Son chapeau tomba sur le tapis, son encombrant parapluie glissa entre ses genoux avec un bruit mat ; il parvint à reprendre le premier et suivit l'autre des yeux, puis, avec un indéfinissable sourire, il dit :

— Mon nom est Brown. Je vous prie de m'excuser. Je viens pour l'affaire Mac Nab. J'ai entendu dire que vous aidez quelquefois des gens qui ont des ennuis de ce genre. Je vous prie de m'excuser si je me suis trompé.

Tout en parlant, il avait réussi à reprendre son chapeau et il fit un drôle de salut comme si maintenant tout était en règle.

— Je ne vois pas très bien ce que vous attendez de moi, répliqua le savant d'un ton glacial. Je crains que vous ne vous soyez trompé de porte. Je suis le Docteur Hood, et mon travail est purement littéraire et éducatif. Il est exact que la police m'a consulté quelquefois dans des cas particulièrement difficiles et importants, mais...

— Oh ! ceci est de la plus grande importance, interrompit le petit homme nommé Brown. Pensez donc ! la mère refuse son consentement.

Et il s'écroula dans un fauteuil, d'un air profondément satisfait.

Le Docteur Hood fronça les sourcils, mais dans ses yeux brillait une lueur peut-être de colère, peut-être d'amusement.

— Poursuivez, dit-il. Je ne comprends toujours pas.

– Vous savez, ils veulent se marier, dit l'homme au chapeau ecclésiastique. Maggie Mac Nab et le jeune Todhunter veulent absolument se marier. Peut-il y avoir quelque chose de plus important que cela ?

Les grands triomphes scientifiques avaient fait perdre bien des choses au docteur Orion Hood – certains prétendaient sa santé, d'autres sa religion, mais ils ne lui avaient pas enlevé complètement le sens de l'humour. À la dernière phrase du malin prêtre, un éclat de rire lui échappa et il s'assit dans un fauteuil dans l'attitude ironique d'un médecin en consultation.

– Mr Brown, dit-il gravement, il y a bien quatorze ans et demi que j'ai été prié de tirer au clair un problème assez particulier : c'était au moment de la tentative d'empoisonnement sur la personne du Président de la République française lors d'un banquet chez le Lord-Maire. Si je comprends bien, il s'agit cette fois-ci de savoir si une de vos amies, appelée Maggie, est bien la fiancée désirable pour un de ses amis nommé Todhunter. Eh bien ! Mr Brown, je suis accommodant. Je vais m'en occuper. Je servirai la famille Mac Nab avec autant de zèle que j'ai servi la République française et le Roi d'Angleterre et même mieux, mieux qu'il y a quatorze ans. Je n'ai rien d'autre à faire cet après-midi. Racontez-moi votre histoire.

Le petit prêtre appelé Brown le remercia chaleureusement quoique encore un peu maladroite-

ment. C'était plutôt comme s'il était en train de
remercier un inconnu dans un fumoir de lui avoir
passé des allumettes, que s'il s'apprêtait (comme
c'était le cas) à remercier le Curateur de Kew
Gardens de bien vouloir l'accompagner dans un
champ pour chercher un trèfle à quatre feuilles.
Après s'être à peine interrompu dans ses remerciements, le petit homme reprit le fil de son discours :

– Je vous ai dit que je m'appelais Brown ; je
suis le curé de la petite église catholique qui se
trouve au bout de ces rues désertes qui mènent à
l'extrémité de la ville vers le nord et que vous con-
naissez peut-être. Dans la plus éloignée et la plus
tortueuse de ces rues qui longent la mer comme
une digue, habite une de mes ouailles, très hon-
nête et très énergique, une veuve du nom de Mac
Nab. Elle a une fille et elle loue des chambres. Et
entre elle et sa fille et entre elle et ses locataires, les
rapports sont assez tendus des deux côtés. En ce
moment elle n'a qu'un seul locataire, le jeune
homme nommé Todhunter ; mais il lui a donné
plus de mal que tous les autres puisqu'il veut
épouser la jeune fille.

– Et la jeune fille, demanda le Docteur Hood
qui s'amusait intérieurement, que veut-elle ?

– Eh bien ! elle veut se marier avec lui, s'écria
le Père Brown en se redressant subitement. C'est
justement ce qui complique terriblement les choses.

– En effet, c'est une énigme indéchiffrable, dit
le Docteur Hood.

– Ce jeune James Todhunter, continua le prêtre, est autant que je sache, un garçon très comme
il faut, mais personne ne sait grand-chose sur lui.
C'est un petit homme brun, vif, agile comme un
singe, rasé comme un acteur et serviable comme
un garçon de courses. Il a l'air d'avoir pas mal
d'argent, mais personne ne sait d'où il le tire, ce
qui fait croire à Mrs Mac Nab (qui est plutôt pes-
simiste de tempérament) qu'il fait des choses terribles et probablement ayant un rapport avec la
dynamite. Cette dynamite doit être d'un genre
plutôt inoffensif et silencieux, car le pauvre garçon
ne s'enferme que quelques heures par jour pour
étudier quelque chose derrière la porte close. Il dé-
clare que ce mystère n'est que passager et justifié
et il promet de tout expliquer avant le mariage.
C'est tout ce que l'on peut tenir pour certain, mais
Mrs Mac Nab vous en dirait encore davantage,
bien qu'elle ne sache rien de plus. Vous savez que
les fables poussent comme l'herbe dans les esprits
ignorants. On vous racontera que l'on a entendu
deux voix dans la pièce bien qu'on trouve Todhunter toujours seul quand on ouvre la porte.
On parle d'un homme mystérieux, très grand,
avec un chapeau de soie qui, une fois, est sorti du
brouillard et semblait venir de la mer, marchant
doucement sur le sable et qui ayant traversé le
petit jardin de derrière au crépuscule, a parlé avec

le locataire par la fenêtre ouverte. La conversation semble avoir dégénéré en dispute. Todhunter a fermé sa fenêtre avec violence, et l'homme au chapeau haut de forme a disparu dans le brouillard comme il était venu. La famille raconte cette histoire avec le plus grand mystère, mais je crois que Mrs Mac Nab préfère sa version : c'est-à-dire que l'Autre Homme (ou quoi que ce soit) sort chaque soir du grand coffre dans le coin qui reste fermé toute la journée. Vous voyez donc comment la porte fermée à clé de Todhunter peut prêter à toutes les fantasmagories des Mille et Une Nuits. Et cependant, il y a le petit homme dans sa respectable jaquette noire, aussi ponctuel et insignifiant qu'une horloge de salon. Il paye son loyer rubis sur l'ongle, il ne boit pas d'alcool, il a une patience d'ange avec les petits enfants et peut les amuser pendant une journée entière ; enfin, et c'est ce qui nous occupe, il a conquis le cœur de la fille aînée qui le suivrait à l'église sur-le-champ.

Un homme versé dans les grandes théories est toujours porté à les appliquer aux choses les plus banales. Le grand spécialiste, ayant écouté avec condescendance le simple récit du prêtre, se carra dans son fauteuil et se mit à parler du ton un peu distrait de conférencier :

– Même dans un cas particulier, il vaut mieux considérer d'abord les tendances générales de la Nature. Telle fleur peut ne pas périr au début de l'hiver, mais en général les fleurs fanent ; tel caillou peut ne pas être mouillé par la marée montante, mais la marée monte. Pour l'œil scientifique, toute l'histoire de l'humanité est une série de mouvements collectifs, destructions ou migrations comme le massacre des mouches en hiver ou le retour des oiseaux au printemps. Le fait essentiel dans toute l'histoire est la Race. La Race détermine la religion ; la Race provoque des guerres légitimes et ethniques. Il n'y a pas de cas plus frappant que celui de cette race sauvage, peu sociable et en décroissance que nous appelons généralement les Celtes ; vos amis Mac Nab en sont des spécimens. Petits, basanés, ayant le sang chaud et le tempérament rêveur, ils acceptent facilement l'explication superstitieuse de n'importe quel incident, comme ils acceptent (excusez-moi de vous le dire) l'explication de tous les événements que vous représentez, vous et votre Eglise. Ce n'est pas étonnant que ce peuple, de par sa position entre cette mer mugissant derrière lui et l'Eglise (excusez-moi encore) dressée devant lui, soit porté à voir des mystères là où il n'y a que des événements ordinaires. Vous, dans votre petit domaine paroissial, vous ne voyez que cette dame Mac Nab effrayée par cette histoire de deux voix et d'un homme sortant de la mer. Mais celui qui a une imagination scientifique voit le clan des Mac Nab dispersé dans le monde entier et ses membres se rassemblent comme des oiseaux de même plumage. Il voit des milliers de dames Mac Nab habitant dans des milliers de maisons, laissant tomber leur petite goutte d'imagination morbide dans les tasses à thé de leurs amies ; il voit...

Avant que le savant eût terminé sa phrase, un appel impérieux et, impatient se fit entendre de l'extérieur ; quelqu'un avec des jupes bruissantes courait dans le couloir et la porte s'ouvrit, laissant apparaître une jeune fille toute rose encore de sa précipitation ; elle était habillée convenablement, mais peu soignée. Ses cheveux blonds étaient encore ébouriffés par le vent de la mer et elle aurait été parfaitement jolie sans ses pommettes un peu saillantes et son teint un peu trop coloré comme celui des Écossais. Elle s'excusa sur un ton de commandement :

– Je regrette de vous interrompre, monsieur, dit-elle, mais il faut que le Père Brown me suive immédiatement, c'est une question de vie ou de mort.

Le Père Brown se leva aussitôt, un peu ahuri.

– Qu'y a-t-il Maggie ? dit-il.

– James a été assassiné, j'en suis presque sûre, répondit la jeune fille encore essoufflée par sa course. Ce Glass était avec lui, je les ai entendus parler à travers la porte. Il y avait deux voix distinctes, celle de James, basse et grasseyante, et l'autre, aiguë et chevrotante.

– Ce Glass ? répéta le prêtre perplexe.

– Je sais qu'il s'appelle Glass, répondit la jeune fille précipitamment. Je l'ai entendu à travers la porte. Ils se disputaient – sur des questions d'argent, je pense – parce que j'ai entendu James dire à plusieurs reprises : « C'est exact, Mr Glass », ou « Non, Mr Glass », et puis : « Deux et trois, Mr Glass. » Mais nous n'avons que trop parlé ; venez tout de suite et nous verrons s'il est encore temps.

– Encore temps pour quoi ? demanda le Docteur Hood qui avait observé la jeune fille avec le plus grand intérêt. En quoi Mr Glass et ses discussions d'argent réclament-ils tant de hâte ?

– J'ai essayé de défoncer la porte et je n'ai pas pu, répondit brièvement la jeune fille. Alors, j'ai contourné la maison et j'ai grimpé sur le rebord de la fenêtre de la chambre. La pièce était sombre et semblait vide, mais je jurerais avoir vu James couché dans un coin, inanimé comme s'il avait été drogué ou étranglé.

– Ceci est très grave, dit le Père Brown en ramassant son parapluie et son chapeau fuyants. Puis, se levant : À propos, j'étais justement en train d'exposer votre cas à Monsieur, et son opinion...

– S'est tout à fait modifiée, dit le savant gravement. Je ne pense pas que cette jeune dame soit aussi celte que je l'avais supposé. Comme je n'ai rien d'autre à faire, je vais mettre mon chapeau et aller avec vous.

Quelques minutes plus tard, tous trois approchaient de l'extrémité de la rue où habitaient les Mac Nab, la jeune fille de son pas allongé de montagnarde, le criminologiste, avec une sorte

de grâce languissante (qui avait quelque rapport
avec la souplesse d'un tigre), et le prêtre trotti-
nant d'une allure décidée, mais sans aucune élé-
gance. L'aspect de cette partie de la ville justifiait
un peu la remarque du docteur sur l'influence
d'un paysage désolé sur un état d'âme. Les maisons déjà dispersées s'éloignaient de plus en plus
les unes des autres le long de la plage, l'après-
midi se transformait en un crépuscule prématuré
et blafard ; la mer était d'un violet d'encre et
grondait sourdement. Derrière la maison des
Mac Nab, dans le pauvre jardin descendant vers
le sable, deux arbres noirs et nus semblaient
dresser des bras de démons et Mrs Mac Nab qui
venait à leur rencontre dans une position semblable, l'obscurité ne permettant pas de distinguer
son visage, leur parut presque un démon, elle
aussi. Le docteur et le savant écoutèrent la répé-
tition de l'histoire narrée par la fille et à laquelle
la mère ne manqua pas d'ajouter certains détails,
fruits de sa propre imagination. Elle proférait des
menaces contre Mr Glass, l'assassin, et contre
Mr Todhunter parce qu'il s'était fait assassiner.
Elle maudissait ce dernier d'avoir voulu épouser
sa fille et de ne pas avoir vécu jusqu'au mariage.
Ils firent le tour de la maison et parvinrent devant la porte du locataire. Là, le Docteur Hood
qui connaissait la façon de procéder des détecti-
ves, d'un énergique coup d'épaule défonça la
porte.

Tout révélait une catastrophe. Il suffisait d'un coup d'œil pour se rendre compte que cette chambre avait été le théâtre de quelque violente querelle, d'une bataille entre deux ou plusieurs personnes. Des cartes à jouer étaient éparpillées sur la table et jonchaient le sol comme si l'on avait interrompu brusquement une partie. Deux verres à vin étaient posés sur une petite table prêts à être remplis et un troisième étoilait le tapis de mille débris de cristal. À quelques pas, gisait une espèce de long couteau ou courte épée à lame droite, mais dont la poignée était joliment travaillée et décorée ; sur la lame jouait un reflet de lumière blafarde tombant de la fenêtre qui encadrait les arbres noirs sur le fond d'une mer de plomb. Un chapeau haut de forme, qui semblait avoir roulé jusque-là comme s'il avait été arraché de la tête qui le portait, se trouvait dans le coin opposé. On avait l'impression qu'il roulait encore. Et dans le coin derrière le chapeau, jeté comme un sac de pommes de terre et ligoté comme une malle, gisait Mr James Todhunter, bâillonné à l'aide d'une écharpe, avec six ou sept cordes nouées autour de ses bras et de ses chevilles.

Le Docteur Hood s'arrêta un instant près de la porte pour s'imprégner de cette atmosphère de drame. Puis il traversa vivement le tapis, ramassa le chapeau de soie et le mit gravement sur la tête de Todhunter, toujours sans connaissance.

– Le chapeau de Mr Glass, dit le docteur en le manipulant et en examinant l'intérieur avec une loupe de poche. Comment expliquer l'absence de Mr Glass et la présence du chapeau de Mr Glass ? Mr Glass ne néglige certainement pas ses vêtements. Ce chapeau est élégant et soigneusement brossé tout en étant usagé. Un vieux dandy, je pense.

– Mais, grands dieux ! s'écria Mrs Mac Nab, n'allez-vous pas d'abord délier cet homme ?

– Je dis « vieux » avec intention, quoique sans certitude, continua le savant, car ma raison pour l'affirmer peut paraître un peu osée. Les cheveux des êtres humains tombent de différentes façons, mais il en tombe toujours quelques-uns et avec ma loupe, je devrais en découvrir dans un chapeau récemment porté. Il n'y en a pas, ce qui me fait croire que Mr Glass est chauve. Rapprochant ce fait de la voix aiguë et nerveuse que Miss Mac Nab a si bien décrite (patience, ma chère demoiselle, patience), c'est-à-dire de la tête privée de cheveux et du ton de colère sénile, j'estime que nous pouvons en déduire que le personnage est plutôt âgé. Néanmoins, il doit être vigoureux et certainement grand. Je peux me référer plus ou moins à l'histoire de son apparition à la fenêtre et le décrire comme un homme de haute taille, avec un chapeau de soie, mais je pense avoir des indices plus précis. Ce verre à vin a été brisé à un certain endroit, mais il y a un éclat de verre sur la console à côté de la cheminée. Cela ne serait pas possible si le verre avait été jeté par un homme relativement petit comme Mr Todhunter.

– À propos, dit le Père Brown, ne vaudrait-il pas mieux délier Mr Todhunter ?

– La verrerie a bien des choses encore à nous apprendre, continua le spécialiste. Je tiens à dire tout de suite qu'il est possible que ce Glass soit chauve ou nerveux par suite d'une vie déréglée et non à cause de son âge. Comme on l'a dit, Mr Todhunter est un monsieur tranquille qui ne boit pas d'alcool. Ces cartes et ces verres ne cadrent pas avec ses habitudes, ils n'étaient là que pour un visiteur déterminé. Mais nous pouvons encore aller plus loin. Mr Todhunter peut avoir possédé ou ne pas avoir possédé ce service à vin, mais il ne semble pas avoir de vin en sa possession. Alors que peut-il y avoir eu dans ces verres ? Je serais porté à croire que ce fut du brandy ou du whisky, peut-être d'excellente qualité, provenant d'un flacon sortant de la poche de Mr Glass. Nous avons donc en quelque sorte le portrait de l'homme, au moins le genre auquel il se rattache ; grand, d'un certain âge, élégant, mais un peu dissipé, aimant certainement le jeu et l'alcool et même probablement plus que de raison. Mr Glass est un homme qui ne doit pas être inconnu dans les bas-fonds.

– Écoutez, cria la jeune fille, si vous ne me laissez pas passer pour le détacher, je vais appeler la police.

– Je ne vous conseille pas, Miss Mac Nab, dit

gravement le Docteur Hood, de vous presser d'avertir la police. Père Brown, je vous prie de bien vouloir calmer vos ouailles dans leur intérêt et non dans le mien. Eh bien ! nous avons un aperçu de l'aspect et du caractère de Mr Glass ; maintenant, que sait-on de Mr Todhunter ? Ses caractéristiques sont au nombre de trois : il est économe, il est assez aisé et il a un secret. Ce sont évidemment les trois circonstances qui exposent un homme au chantage. Et il est certainement aussi évident que les habits élégants et plutôt râpés, les mœurs déréglées et l'irritation de Mr Glass le désignent comme un maître chanteur. Nous avons là les deux types classiques d'une tragédie où l'on donne de l'argent pour étouffer une affaire ; d'un côté l'homme respectable qui a un secret, de l'autre le vautour de West-End qui a su découvrir ce secret. Ces deux hommes se sont rencontrés ici, se sont querellés, battus à coups de poing et avec une arme nue.

— Allez-vous lui enlever ses cordes ? dit la jeune fille têtue.

Le Docteur Hood replaça soigneusement le chapeau haut de forme sur la petite table et s'avança vers le prisonnier. Il le soumit à un examen attentif en le déplaçant même un peu, mais il répondit simplement :

— Non, je pense que ces cordes seront très utiles jusqu'à ce que vos amis de la police aient apporté les menottes.

Le Père Brown qui regardait d'un air stupide le tapis, leva sa tête ronde et dit :

– Que voulez-vous dire ?

Le savant avait ramassé l'étrange épée et l'examinait avec attention tout en répondant :

– Comme vous avez trouvé Mr Todhunter ligoté, vous concluez que Mr Glass l'a ligoté et a filé ensuite. Il y a quatre objections à cette supposition. Premièrement : pourquoi un homme aussi soigneux que Mr Glass aurait-il laissé son chapeau ici s'il était parti de son plein gré ? Deuxièmement, continuat-il en se tournant vers la fenêtre, ceci est la seule issue ; or, la fenêtre est fermée de l'intérieur. Troisièmement : cette lame a une petite tache de sang à la pointe, mais Mr Todhunter n'est pas blessé. Mr Glass a emporté la blessure, vif ou mort. Ajoutez à cela une possibilité qui saute aux yeux. Il est bien plus probable qu'un homme harcelé par un maître chanteur tue celui-ci, que le maître chanteur qui n'a aucune raison de tuer la poule aux œufs d'or. Il me semble que voilà une histoire qui se tient.

– Mais les cordes ? demanda le prêtre qui avait écarquillé les yeux d'admiration.

– Ah ! les cordes, dit l'expert sur un ton étrange. Miss Mac Nab voulait absolument savoir pourquoi je ne délivrais pas Mr Todhunter. Eh bien ! je vais le lui dire. C'est parce que Mr Todhunter peut le faire quand il voudra.

– Quoi ? s'écrièrent les personnes présentes, ahuries.

– J'ai bien regardé tous les nœuds de Mr Todhunter, dit Hood tranquillement. Je m'y connais
un peu en nœuds, cela fait partie des sciences cri-
minelles. Il a fait tous ces nœuds lui-même et peut
les dénouer lui-même. Aucun n'a été fait par un
ennemi voulant le réduire à l'impuissance. Toute
cette affaire de liens est une mise en scène habile
pour nous faire croire que c'est lui la victime et
non Glass dont le cadavre doit être enfoui dans le
jardin ou caché dans la cheminée.

Il y eut un moment de silence tragique ; la
chambre s'assombrissait, les branches des arbres
du jardin sur le fond de mer semblaient plus noires et plus sinistres que jamais et on aurait dit
qu'elles s'étaient rapprochées de la fenêtre.

On aurait pu se figurer que c'étaient des monstres
marins, des seiches et des pieuvres sorties de la mer
pour voir la fin de la tragédie, comme lui, le traître
et la victime de l'histoire, l'homme terrible au chapeau haut de forme était jadis sorti de la mer. L'air
était lourd, l'atmosphère malsaine, après l'évocation
du chantage qui est bien ce qu'il y a de plus morbide parce que c'est un crime couvrant un crime, un
emplâtre noir sur une plaie encore plus noire.

Le visage du petit prêtre catholique, d'habitude
placide et même comique, s'était curieusement
renfrogné. Ce n'était plus la simple curiosité du
début, mais plutôt cette curiosité créatrice qui naît
quand une idée commence à germer dans l'esprit
d'un homme.

– Dites-le encore une fois, s'il vous plaît, demanda-t-il d'un air embarrassé. Croyez-vous vraiment que Todhunter ait pu se ligoter tout seul et
qu'il puisse se délivrer tout seul ?

– C'est bien ce que je veux dire, dit le docteur.

– Jérusalem ! s'écria soudain Brown, je me demande si vous avez raison.

Il trotta autour de la chambre comme un lapin
et se mit à regarder attentivement la figure en partie cachée du prisonnier. Puis il se tourna d'un air
plutôt impertinent vers l'assistance.

– Mais oui, c'est cela ! s'écria-t-il avec vivacité.
Ne pouvez-vous le voir sur la figure de cet homme ?
Regardez donc ses yeux !

Le professeur et la jeune fille suivirent son regard. Et quoique le grand foulard noir masquât le
bas du visage de Todhunter, ils remarquèrent
quelque chose de particulier dans la partie supé-
rieure du visage.

– Ses yeux ont une expression étrange, cria la
jeune fille, toute remuée. Brutes que vous êtes, je
crois qu'il souffre.

– Mais non, je ne le pense pas, dit le Docteur
Hood, ses yeux ont certainement une expression
singulière. Mais je serais tenté d'attribuer ces rides
transversales plutôt à une petite anomalie psycho-
logique...

– Allons donc, cria le Père Brown, vous ne
voyez donc pas qu'il rit ?

– Il rit, répéta le docteur étonné, et pourquoi
donc rirait-il ?

– Eh bien, répondit le Révérend Brown sur un
ton d'excuse, si j'ose dire, il a l'air de se moquer
de nous. Et par le fait, je suis tenté de me moquer
de moi-même, maintenant que je sais.

– Que vous savez quoi ? demanda Hood exas-
péré.

– Maintenant, je sais, reprit le prêtre, la profession de Mr Todhunter.

Il se mit à fureter à travers la pièce, regardant
tantôt un objet, tantôt un autre, d'un air détaché,
pour éclater de rire à chaque instant, ce qui eut le
don d'irriter les spectateurs. Il rit en regardant le
chapeau et encore plus en s'arrêtant devant le
verre cassé, et le sang sur la pointe de l'épée le fit
presque s'étrangler. Enfin, il se tourna vers le spécialiste furieux.

– Docteur Hood, s'écria-t-il enthousiaste, vous
êtes un grand poète ! Vous avez fait surgir une
créature du néant. C'est un exploit bien plus digne
d'un dieu que de faire éclater la vérité des faits.
Par comparaison, les faits sont plutôt ordinaires et
comiques.

– Je ne comprends pas du tout de quoi vous
voulez parler, dit le Docteur Hood avec hauteur ;
mes faits sont tous incontestables, quoique forcé-
ment incomplets. On peut accorder une certaine
place à l'intuition (ou à la poésie si vous préférez),
mais seulement parce que les détails correspon-

dants ne sont pas encore vérifiés. En l'absence de Mr Glass...

– C'est ça, c'est ça, dit le petit prêtre, hochant la tête, voilà la première idée à retenir : l'absence de Mr Glass. Il est tellement absent que je suppose que personne n'a jamais été aussi absent que Mr Glass.

– Voulez-vous dire qu'il est absent de la ville ? demanda le docteur.

– Je veux dire qu'il est absent de partout, répondit le Père Brown, il est pour ainsi dire absent de la nature et des choses.

– Pensez-vous sérieusement, dit le spécialiste avec un sourire, qu'il n'existe pas ?

Le prêtre hocha la tête en signe d'assentiment :

– Oui, malheureusement.

Orion Hood éclata d'un rire méprisant.

– Eh bien, dit-il, avant de nous occuper des cent un témoignages, nous allons prendre la première preuve que nous avons trouvée à notre entrée dans cette pièce. Si ce chapeau n'est pas celui de Mr Glass, à qui est-il ?

– À Mr Todhunter, répondit Brown.

– Mais il ne lui va pas, cria Hood avec impatience. Il ne peut pas le porter !

Le Père Brown secoua la tête avec une douceur inébranlable.

– Je n'ai jamais dit qu'il pouvait le porter. J'ai dit que c'est son chapeau ou, si vous voulez, que ce chapeau est sa propriété.

— Quelle différence ? demanda le criminologiste sur un ton légèrement ironique.

— Mon cher monsieur, s'écria le doux petit homme, un peu irrité pour la première fois, si vous descendez la rue jusqu'au premier chapelier venu, vous vous rendrez compte qu'il y a dans le vocabulaire de tous les jours une légère différence entre le chapeau d'un homme et les chapeaux qui lui appartiennent.

— Mais un chapelier, protesta Hood, tire de l'argent de ses chapeaux neufs. Que peut bien tirer Todhunter de ce vieux chapeau ?

— Des lapins, répondit le Père Brown promptement.

— Quoi ? cria le Docteur Hood.

— Des lapins, des rubans, des friandises, des poissons rouges, des rouleaux de papier de couleur, énuméra le prêtre rapidement. N'avez-vous pas compris cela en découvrant que les liens étaient truqués ? De même avec l'épée. Mr Todhunter n'a même pas une égratignure en dedans, si vous me suivez bien, vous comprendrez.

— Vous voulez dire à l'intérieur de ses vêtements ? demanda sévèrement Mrs Mac Nab.

— Je ne veux pas dire à l'intérieur de ses vêtements, dit le Père Brown ; je veux dire à l'intérieur de Mr Todhunter.

— Par le diable, expliquez-vous !

— Mr Todhunter, reprit tranquillement le Père Brown, apprend le métier de prestidigitateur, jongleur, ventriloque, et s'exerce au numéro des cordes. La prestidigitation explique le chapeau. Il ne porte pas de traces de cheveux non parce qu'il a été porté par le chauve Mr Glass, mais parce qu'il n'a jamais été porté par personne. Les trois verres devaient servir à jongler ; Mr Todhunter cherchait à les jeter en l'air et à les rattraper en pleine rotation. Mais, comme il est encore un débutant, il a cassé un verre en heurtant le plafond. Et l'épée devait être avalée par Mr Todhunter dont c'était le devoir professionnel. Mais là encore, n'étant qu'à ses débuts, il s'est un peu blessé à la gorge. Toutefois s'il a une blessure à l'intérieur, ce dont je suis sûr d'après l'expression de sa figure, elle n'est pas grave. Il s'est exercé aussi à un numéro dans le genre de celui des frères Davenport, avec les cordes, et il était sur le point de se délivrer quand nous avons fait irruption dans la pièce. Les cartes, naturellement, sont destinées à des tours de cartes, et elles sont éparpillées par terre parce qu'il essayait de les faire voler en l'air. Il a naturellement gardé le secret de ses occupations comme tout prestidigitateur qui ne désire pas faire connaître les trucs qu'il emploie. Mais le simple fait qu'un oisif en chapeau haut de forme qui un jour a regardé par la fenêtre, s'est fait chasser avec fracas, nous a fait partir sur une fausse piste mélodramatique. Nous nous sommes imaginés que sa vie était empoisonnée par Mr Glass, le spectre au chapeau de soie.

– Mais comment expliquez-vous les deux voix ?
demanda Maggie.

– N'avez-vous jamais entendu un ventriloque ?
rétorqua le Père Brown. Ne savez-vous pas qu'il
parle d'abord avec sa voix naturelle, et se répond
ensuite de cette voix aiguë et perçante que vous
avez entendue ?

Il y eut un long silence, et le Docteur Hood regarda le petit homme qui avait parlé en souriant
d'un air mystérieux.

– Vous êtes certainement un homme très habile, dit-il, on n'aurait pas mieux fait dans un livre.
Mais il y a une partie de Mr Glass que vous ne
pouvez pas nier, c'est son nom. Miss Mac Nab a
nettement entendu Mr Todhunter l'appeler ainsi.

Le Révérend Père Brown partit d'un éclat de
rire un peu enfantin :

– Çà, c'est la partie la plus bête de toute cette
stupide histoire. Lorsque votre ami le jongleur était
occupé avec ses verres, il les a comptés à haute voix
en les rattrapant. Il disait aussi qu'il en avait raté un
quand c'était le cas. Voilà ce qu'il disait en réalité :
« Un, deux, trois, missed a glass[1] » (un verre de
raté). « Un, deux, missed a glass », etc.

Il y eut un moment de silence dans la pièce,
puis tout le monde se mit à rire d'un commun
accord. Alors le corps, dans le coin, se mit à défaire ses liens et les laissa tomber bruyamment.

---

1. La confusion vient de la prononciation presque similaire
de « missed a glass » et « Mister Glass ». (*N.d.T.*)

Puis, avançant jusqu'au milieu de la pièce, il fit une révérence et tira de sa poche une grande affiche imprimée en bleu et rouge, annonçant que Zaladin, le plus grand prestidigitateur, contorsionniste, ventriloque et kangourou humain, présenterait des numéros tout à fait inédits au Pavillon Empire de Scarborough le lundi suivant, à huit heures précises.

Le Paradis des Voleurs

Le grand Muscari, le plus original des jeunes poètes toscans, entra rapidement dans son restaurant préféré d'où l'on dominait la Méditerranée de la terrasse bordée de petits orangers et de petits citronniers. Les garçons en tablier blanc déposaient déjà sur de blanches tables les menus d'un déjeuner élégant, et cela semblait augmenter encore sa satisfaction qui atteignait la fanfaronnade. Muscari avait un nez en bec d'aigle comme Dante ; ses cheveux et sa cravate étaient sombres et flottants ; il était habillé de noir et aurait pu aussi porter un masque noir, car il émanait de sa personne une atmosphère de mélodrame vénitien. Il se comportait comme si un troubadour occupait encore, comme un évêque, un rang indéterminé dans la société. Il suivait, d'aussi près que son siècle le permettait, le type de Don Juan avec une rapière et une guitare.

Jamais il ne voyageait sans un étui contenant des épées ayant fait leurs preuves dans plusieurs duels retentissants, ni sans sa mandoline avec la-

quelle il allait actuellement donner des sérénades à
Miss Ethel Harrogate, la fille très comme il faut
d'un banquier du Yorkshire. Toutefois il n'était ni
un charlatan, ni un gamin, mais un bouillant Latin
qui aimait le genre qu'il avait adopté. Sa poésie
était aussi simple et franche que la prose des
autres. Il désirait la célébrité ou le vin ou la beauté
des femmes d'une façon violente et directe, incon-
cevable pour les mentalités brumeuses du Nord ;
son désir passionné sentait le danger pour les
races plus calmes. Comme le feu ou la mer, il était
trop simple pour inspirer confiance.

Le banquier et sa jolie fille logeaient à l'hôtel
auquel appartenait le restaurant de Muscari ; c'est
d'ailleurs pourquoi c'était son restaurant favori.
Un coup d'œil circulaire l'informa cependant que
le groupe anglais n'était pas encore descendu. Le
restaurant était éclatant, mais à peu près vide.
Deux prêtres causaient à une table dans le coin,
mais Muscari (ardent catholique) ne s'en occupa
pas plus que s'il s'agissait d'une paire de cor-
neilles. Mais voilà que d'une place encore plus
éloignée, cachée partiellement par un oranger nain
couvert d'oranges dorées, un homme se leva et
s'approcha du poète. Il avait un costume en tout
point opposé à celui de Muscari.

L'individu était habillé de tweed à carreaux noirs
et blancs ; il portait une cravate rose, un col empesé
et des souliers jaunes à bouts ronds. Il avait réussi à
se créer un aspect surprenant et vulgaire à la fois.

Mais lorsque l'apparition du genre cockney s'avança, Muscari vit à son grand étonnement que la tête était tout à fait différente du corps. C'était une tête d'Italien, basanée et animée, qui émergeait d'un col dur comme du carton et de la cocasse cravate rose. C'était une tête qu'il connaissait. Il en était sûr malgré l'accoutrement d'un Anglais en voyage, et il la reconnut pour celle d'un vieil ami nommé Ezza qu'il avait perdu de vue. Ce jeune homme avait été un enfant prodige au collège, et quand il avait à peine quinze ans, on lui avait prédit une célébrité européenne ; mais une fois lancé dans le monde, il avait essuyé échec sur échec : d'abord publiquement, comme auteur dramatique et démagogue ; ensuite, pendant des années, dans la vie privée comme acteur, voyageur de commerce, agent à la commission et journaliste. Muscari l'avait vu la dernière fois sur la scène ; il ne s'adaptait que trop bien à l'agitation de cette profession et on croyait que sa faiblesse ne lui avait pas permis de s'en défaire.

– Ezza, s'écria le poète en se levant pour tendre la main à son ami, avec un étonnement feint, je vous ai vu dans bien des costumes, mais je ne me serais jamais attendu à vous voir habillé comme un véritable Anglais.

– Ceci, répondit Ezza gravement, n'est pas le costume d'un Anglais, mais celui de l'Italien de l'avenir.

– Dans ce cas, répondit Muscari, je vous avoue que je préfère l'Italien du passé.

– C'est votre erreur de toujours, Muscari, dit l'homme au complet de tweed en secouant la tête. Et l'erreur de l'Italie. Au XVIe siècle, nous autres Toscans, nous donnions le ton : nous avions l'acier le plus moderne, la sculpture la plus moderne, la chimie la plus moderne. Pourquoi n'aurions-nous pas les usines les plus modernes, les moteurs, la finance... et les vêtements les plus modernes ?

– Parce que c'est peine perdue, répondit Muscari. On ne peut pas faire que les Italiens entraînent le progrès ; ils sont trop intelligents pour cela. Des hommes qui ont trouvé la meilleure façon de vivre n'avanceront jamais sur des routes à peine tracées.

– Eh bien ! pour moi, c'est Marconi, et non D'Annunzio, qui est le plus grand homme de l'Italie, dit l'autre. C'est pour cela que je suis devenu futuriste... et guide.

– Guide ! s'écria Muscari en riant. C'est votre dernier métier ? Et qui conduisez-vous ?

– Oh, un homme du nom de Harrogate et sa famille, je crois.

– Le banquier qui habite cet hôtel ? demanda le poète avec grand intérêt.

– C'est lui, répondit le guide.

– Est-ce bien payé ? demanda le troubadour innocemment.

– Cela me rapportera assez, dit Ezza avec un sourire énigmatique. Mais je suis un guide un peu particulier.

Puis, comme pour changer de sujet de conversation, il ajouta subitement : « Il a une fille... et un fils. »

– La fille est divine, affirma Muscari, j'ose espérer que le père et le fils sont humains. Cela établi, est-ce que ce banquier ne vous frappe pas comme un exemple merveilleux de ce que je prétendais ? Harrogate a des millions dans son coffre-fort, tandis que moi j'ai un trou dans ma poche. Mais vous n'oserez pas, vous ne pourrez pas dire qu'il est plus intelligent, plus hardi, plus énergique que moi. Il n'est pas intelligent ; ses yeux sont pareils à deux boutons bleus ; il n'est pas énergique, il se déplace comme un paralytique. C'est un bon vieil imbécile et il a gagné de l'argent simplement parce qu'il collectionne l'argent, comme un petit garçon collectionne des timbres. Vous êtes trop intelligent pour faire des affaires, Ezza. Vous ne réussirez pas. Pour être assez intelligent pour gagner tout cet argent, un homme doit être assez bête pour le vouloir.

– Je suis assez bête pour cela, dit Ezza d'un air sombre. Mais je crois que vous feriez bien de cesser cette conversation sur le banquier, car le voici.

En effet, Mr Harrogate, le grand financier, venait d'entrer dans la salle, mais personne n'y avait pris garde. C'était un homme d'un certain âge, corpulent, aux yeux d'un bleu délavé, aux moustaches d'un blond grisonnant. Sa lourde carrure pouvait être celle d'un colonel. Il tenait à la main plusieurs lettres cachetées. Son fils Frank était un beau garçon, frisé, bronzé par le soleil et vigoureux, mais on ne le regardait pas non plus. Tous les regards se posaient, comme d'habitude, au moins à ce moment, sur Ethel Harrogate dont le visage grec, casqué d'or et couleur d'aube naissante, semblait se détacher admirablement comme celui d'une déesse sur cette mer de saphir.

Le poète Muscari respira profondément comme s'il buvait quelque chose, ce qui était, en effet, le cas. Il buvait l'art classique que ses ancêtres avaient produit. Ezza dévisageait la jeune fille d'un regard aussi intense, mais plus discret.

Miss Harrogate était radieuse et paraissait bien disposée à converser. Sa famille avait adopté les habitudes plus libres du continent, admettant à sa table un étranger comme Muscari et même son guide, Ezza. Ethel Harrogate était conventionnelle avec perfection et grâce. Elle était fière de la fortune de son père, elle aimait les plaisirs mondains. C'était une fille affectueuse, mais une flirteuse enragée, et elle était tout cela avec une sorte de bonne humeur qui faisait que son orgueil ne choquait pas et que sa politesse mondaine n'avait rien d'affecté.

Ils étaient très agités au sujet d'un prétendu danger sur la route de montagne qu'ils comptaient parcourir cette semaine. Le danger ne consistait pas en rochers ou en avalanches, mais en quelque

chose de bien plus romantique. On avait dit sérieusement à Ethel que des brigands, les coupeurs
de gorges de la légende moderne, fréquentaient
encore cette chaîne de montagnes et tenaient ce
passage dans les Apennins.

— On dit, s'écria-t-elle, excitée comme une éco-
lière, que cette contrée n'est pas gouvernée par le
Roi d'Italie, mais par le Roi des Voleurs. Qui est
le Roi des Voleurs ?

— Un grand homme, répondit Muscari, qui mé-
rite d'être comparé à votre Robin des Bois, si-
gnora. Montano, le Roi des Voleurs, a fait parler
de lui dans les montagnes il y a dix ans, alors que
tout le monde croyait les brigands disparus. Mais
sa sauvage autorité s'est étendue avec la rapidité
d'une révolution silencieuse. Les paysans ont
trouvé ses violentes proclamations clouées dans
chaque village de montagne ; dans chaque ravin
entre les montagnes, ses sentinelles fusil à la main.
Six fois le gouvernement italien a essayé de le dé-
loger et six fois le gouvernement a été battu, comme
par Napoléon.

— Voilà des choses, observa le banquier, qu'on
n'aurait jamais permises en Angleterre. Peut-être,
après tout, ferions-nous mieux de choisir une
autre route. Mais le guide croit qu'il n'y a rien à
craindre.

— Bien sûr qu'il n'y a rien à craindre, dit le
guide avec mépris, j'y ai passé plus de vingt fois.
Peut-être que du temps de nos grand-mères il y

a eu un gibier de potence qu'on appelait roi,
mais c'est de l'histoire ancienne et peut-être
même pure imagination. Le brigandage est éliminé.

– Il ne peut jamais être complètement éliminé,
répondit Muscari, parce que la révolte armée est
une réaction naturelle chez les Méridionaux. Nos
paysans sont gais et agrestes comme les montagnes, mais rongent leur frein intérieurement. Il y a
un degré de désespoir humain qui pousse les pauvres du Nord à boire et les nôtres à tirer leurs
couteaux.

– Le poète est un privilégié, dit Ezza avec un ri-
canement. Si le signor Muscari était anglais, il cher-
cherait des bandits de grand chemin à Wands-
worth. Croyez-moi, il n'y a pas plus de danger d'être
capturé par des brigands en Italie que d'être scalpé
à Boston.

– Vous proposez donc de tenter l'excursion ?
demanda Mr Harrogate en fronçant les sourcils.

– Oh ! cela a l'air plutôt dangereux, s'écria la
jeune fille en tournant ses magnifiques yeux vers
Muscari. Croyez-vous réellement qu'il y ait quelque danger ?

Muscari rejeta en arrière sa noire crinière.

– C'est mon opinion, dit-il. Je vais demain de ce
côté-ci.

Le jeune Harrogate resta un moment pour
vider son verre et allumer une cigarette, tandis
que la jeune beauté se retirait avec le banquier, le

guide et le poète. À peu près au même instant les deux prêtres qui se trouvaient dans le coin se levèrent et le plus grand, un Italien aux cheveux blancs, partit. L'autre s'avança vers le fils du banquier et ce dernier constata à son grand étonnement que ce prêtre catholique était anglais. Il se rappelait vaguement l'avoir rencontré dans une réception chez des amis catholiques. Mais l'homme se mit à parler avant qu'il ait eu le temps de chercher dans sa mémoire.

– Mr Frank Harrogate, n'est-ce pas ? dit-il. J'ai déjà fait votre connaissance, mais il vaut mieux n'en pas parler. Je préfère rester pour vous un étranger, étant donné la chose bizarre que j'ai à vous révéler. Mr Harrogate, je n'ai qu'un mot à vous dire et je m'en vais : prenez bien soin de votre sœur, elle a un grand chagrin.

Même l'indifférence fraternelle de Frank gardait le souvenir de l'éclat et de la gaieté de sa sœur ; il pouvait entendre son rire du jardin de l'hôtel et il regarda son sombre conseiller d'un air interrogateur.

– Vous voulez parler des brigands ? demanda-t-il. Puis se rappelant la vague peur qu'il avait ressentie : Ou pensez-vous à Muscari ?

– On ne pense jamais au véritable chagrin, dit l'étrange prêtre. On peut seulement être affectueux quand il arrive.

Et il sortit rapidement de la salle, laissant l'autre bouche bée.

Un jour ou deux plus tard, une voiture empor-
tant la compagnie montait avec peine les pentes
abruptes de la chaîne de montagnes pleine de menaces. Entre la négation méprisante du danger par
Ezza et le défi de Muscari, la famille du financier
avait persisté dans sa première intention et celui-ci
décida de faire coïncider son excursion avec la
leur. Une surprise les attendait à la gare de la ville
du littoral : l'apparition du petit prêtre du restaurant. Il prétendit être obligé, pour ses affaires, de
passer les montagnes du Centre. Mais le jeune
Harrogate vit dans sa présence un rapport avec les
appréhensions et les avertissements mystérieux de
la veille.

La voiture était une sorte de wagonnet confortable, inventé par le guide qui dirigeait l'expédi-
tion avec son activité scientifique et son esprit
imaginatif. Personne ne pensait plus au danger et
l'histoire des voleurs était bannie des conversa-
tions, mais on avait tout de même pris, pour la
forme, quelques précautions. Le guide et le fils du
banquier s'étaient munis de revolvers chargés, et
Muscari (avec une satisfaction enfantine) avait fixé
sous son veston noir une espèce de poignard.

D'un bond alerte, il s'était placé auprès de la
jolie Anglaise ; de l'autre côté se trouvait le prêtre
du nom de Brown, heureusement peu bavard ; le
guide, le père et le fils étaient sur la banquette derrière. Muscari était d'excellente humeur ; il croyait

fermement au danger et, d'après ce qu'il disait, Ethel aurait pu le croire un peu fou. Mais il y avait quelque chose dans cette ascension laborieuse parmi des rochers escarpés alternant avec des forêts semblables à des vergers, qui l'entraînait à la suivre dans son paradis pourpre et absurde au soleil tournant. La route blanche grimpait comme un chat blanc, elle passait sur des précipices pleins d'ombre comme une corde tendue ; elle s'enroulait comme un lasso autour de la haute montagne.

Pourtant ils avaient beau monter de plus en plus haut, le désert restait fleuri comme une rose. Les prairies, sous le soleil et le vent, avaient la couleur du martin-pêcheur, du perroquet et du colibri, les teintes de centaines de fleurs épanouies. Il n'y a rien de plus joli que les prairies et les forêts anglaises, ni de plus nobles ravins que ceux de Snowdon et de Glencoe. Mais Ethel Harrogate n'avait encore jamais vu les parcs du Sud sur les cimes du Nord, la gorge de Glencoe avec les fruits du Kent. Il n'y avait rien, là, de la désolation qui accompagne, en Grande-Bretagne, les paysages sauvages de la haute montagne. C'était plutôt comme un palais de mosaïque après un tremblement de terre, ou comme un jardin hollandais dont les tulipes, après une explosion, auraient jailli jusqu'aux étoiles.

— C'est comme Kew Gardens à Beachy Head, dit Ethel.

— Voilà notre secret, dit le jeune homme, le secret du volcan ; c'est aussi le secret de la révolution... Une chose qui peut être violente et tout de même porter des fruits.

– Vous êtes plutôt violent vous-même, et elle lui sourit.

– Mais sans fruits, admit-il, si je meurs ce soir, je meurs célibataire et comme un imbécile.

– Je n'ai rien fait pour que vous veniez, dit-elle après un silence pénible. Ce n'est pas ma faute.

– Ce n'est jamais votre faute, répondit Muscari ; si Troie a été détruite, ce n'était pas votre faute.

Pendant qu'ils parlaient, ils arrivèrent sous des rochers surplombant la route, ils s'étendaient comme des ailes au-dessus d'un endroit particulièrement dangereux. Effrayés par la grande ombre sur le passage étroit, les chevaux s'agitaient. Le conducteur mit pied à terre pour les tirer par la bride, mais ils devinrent intraitables. L'un des chevaux se dressa de toute sa hauteur – la hauteur terrifiante et titanique d'un cheval qui devient un bipède. Cela suffit pour rompre l'équilibre ; la voiture pencha comme un vaisseau et dégringola à travers les broussailles dans les rochers. Muscari entoura Ethel d'un bras, elle se cramponna à lui en poussant des cris. C'était là un moment comme il aimait en vivre.

Au moment où les parois de la montagne se mirent à tourner autour de la tête du poète comme un moulin à vent, il arriva une chose encore plus

extraordinaire. Le banquier âgé et étourdi se leva
d'un bond dans la voiture et, avant que le véhi-
cule ne l'y eût entraîné, sauta dans le précipice.
Au premier abord on aurait pu prendre cela pour
un suicide, mais en y réfléchissant c'était aussi
raisonnable qu'un bon placement. L'homme du
Yorkshire avait évidemment plus d'esprit de déci-
sion et de sagacité que Muscari ne lui en aurait jamais supposé, puisqu'il atterrit sur une prairie qui
semblait tapissée exprès de frais gazon et de trèfle
pour le recevoir. Toute la compagnie eut la même
chance, quoique sa façon de sortir de la voiture ait
été moins digne. Juste au-dessous de cette courbe
dangereuse de la route, il y avait un ravin herbeux
et fleuri comme une prairie posée là, une espèce
de poche en velours vert étalée, verte comme la
traîne d'une colline. Tous avaient été projetés là
sans grand dommage, si ce n'est que leurs petits
bagages et le contenu de leurs poches furent épar-
pillés dans l'herbe autour d'eux. La voiture brisée
était restée suspendue, accrochée dans les broussailles, et les chevaux gisaient sur la pente lamen-
tablement. Le petit prêtre fut le premier à se
remettre sur son séant, il se gratta la tête d'un air
profondément étonné ; Frank Harrogate l'entendit
murmurer :

– Par exemple ! Pourquoi sommes-nous tombés
juste ici ?

Il regarda autour de lui et ramassa son vieux
parapluie râpé. Tout à côté se trouvait le chapeau

à larges bords tombé de la tête de Muscari et une lettre d'affaires cachetée qu'il remit au vieux Harrogate. De l'autre côté du prêtre, l'herbe cachait en partie l'ombrelle de Miss Ethel et juste au même endroit une étrange petite bouteille de verre ayant à peine deux pouces de long. Le prêtre la ramassa, enleva subrepticement le bouchon et renifla le contenu. Il devint pâle comme un mort.

– Juste Ciel ! murmura-t-il, ce n'est pas possible que ce soit à elle. Est-ce que son chagrin la pousserait déjà là ? Il glissa la petite bouteille dans la poche de son gilet. Je pense que j'ai raison, dit-il, jusqu'à plus ample information.

Il regarda la jeune fille d'un air compatissant ; Muscari venait justement de la sortir des fleurs et lui disait :

– Nous sommes tombés dans le ciel, c'est un avertissement. Les mortels montent et tombent ; seuls les dieux et les déesses tombent plus haut qu'ils ne sont montés.

Elle sortait en effet d'un océan de couleurs, et semblait si belle et si heureuse que le prêtre sentit ses soupçons s'évanouir. « Après tout, pensa-t-il, le poison peut ne pas être à elle, mais un artifice mélodramatique de Muscari. »

Muscari remit la jeune fille sur ses pieds, lui fit un salut ridiculement théâtral, puis brandissant son poignard, coupa les rênes des chevaux qui se levèrent et restèrent tremblants, debout dans l'herbe. Quand il eut fini, il arriva une chose extraordinaire. Un homme très calme, pauvrement habillé et très basané, sortit des broussailles et empoigna la tête des chevaux. À sa ceinture pendait un étrange couteau, très large et recourbé, autrement il ne présentait rien de remarquable, sauf son apparition soudaine et silencieuse. Le poète lui demanda qui il était et il ne répondit rien.

Regardant le groupe ému et apeuré, Muscari aperçut un autre homme basané et en haillons, un court fusil sous le bras, qui les contemplait du banc de rochers juste en dessous, appuyant ses coudes sur le bord de la prairie. Alors il regarda la route au-dessus de leurs têtes et vit le canon de quatre carabines braquées dans leur direction, et quatre autres faces brunes avec des yeux brillants, mais plutôt indifférents.

– Les brigands ! s'écria Muscari avec une étrange gaieté. C'était un piège. Ezza, si vous voulez bien, envoyez donc d'abord une balle au cocher, nous pouvons encore nous frayer un chemin ; ils ne sont que six.

– Le cocher, dit Ezza, qui était resté debout les mains dans ses poches, est justement un domestique de Mr Harrogate.

– Raison de plus pour tirer sur lui, cria le poète impatiemment, il a été acheté pour livrer son maître. Mettez la jeune fille au milieu, nous pourrons nous frayer un chemin... d'un seul bond.

Et, foulant l'herbe et les fleurs, il s'avança bravement vers les quatre carabines, mais voyant que personne ne le suivait, sauf le jeune Harrogate, il se retourna brandissant son poignard pour engager les autres à le suivre. Il aperçut le guide toujours debout au centre de la prairie, les mains dans les poches et sa maigre et ironique figure italienne semblant s'allonger de plus en plus dans la lumière du soir.

– Muscari, vous avez pensé que j'étais le « raté » parmi nos camarades d'école, dit-il, et vous avez cru que c'était vous qui aviez le mieux réussi. Mais j'ai mieux réussi que vous et je tiens une plus grande place dans l'histoire. J'ai vécu des épopées et vous n'avez fait que d'en écrire.

– Venez, je vous dis, tonna d'en haut Muscari. Préférez-vous rester là à raconter des âneries sur vous-même, tandis qu'il y a une femme à sauver et trois hommes forts pour vous aider ? Qui êtes-vous donc ?

– Je m'appelle Montano, s'écria l'étrange guide d'une voix aussi forte et aussi assurée. Je suis le Roi des Voleurs et je vous souhaite la bienvenue dans ma résidence d'été.

Pendant qu'il parlait, cinq hommes silencieux et armés sortirent des buissons et le regardèrent, attendant ses ordres. L'un d'eux tenait un grand papier à la main.

– Ce joli petit nid, continua le guide-brigand avec le même sourire insouciant mais sinistre, est, avec quelques cavernes se trouvant en dessous, connu sous le nom de Paradis des Voleurs. C'est ma principale forteresse dans ces montagnes, car, comme vous l'avez sans doute remarqué, ce repaire est invisible aussi bien de la route au-dessus que de la vallée en bas. C'est mieux qu'inexpugnable, c'est insoupçonnable. C'est ici que je vis d'ordinaire et c'est ici que je mourrai certainement si jamais les gendarmes me poursuivent. Je ne suis pas le type de criminel qui « réserve sa défense », mais de la meilleure espèce : celui qui réserve sa dernière balle.

Tous le contemplaient, foudroyés, sauf le Père Brown, qui poussa un soupir de soulagement en tâtant le petit flacon dans sa poche.

– Dieu merci ! murmura-t-il, c'est bien plus probable. Le poison doit appartenir à ce chef de brigands, certainement. Il le porte sur lui pour qu'on ne puisse le prendre vivant comme Caton.

Cependant le Roi des Voleurs continuait sa harangue du même ton dangereusement poli :

– Je n'ai plus qu'à exposer à mes hôtes les conditions auxquelles j'aurai le plaisir de traiter avec eux. Il n'est point besoin de parler de la question rituelle de la rançon qui me regarde essentiellement, bien entendu. Et encore, cela ne s'applique qu'à une partie de la compagnie. Le Révérend Père Brown et le célèbre Signor Muscari seront relâchés demain à l'aube et seront escortés jusqu'à mes avant-postes. Les poètes et les prêtres, si vous voulez bien m'excuser de m'exprimer simplement, n'ont jamais d'argent. Donc, puisqu'il n'y a rien à en tirer, profitons de cette occasion pour montrer notre admiration pour les belles-lettres et notre respect envers la Sainte Église.

Il s'arrêta avec un désagréable sourire et le Père Brown le regarda à plusieurs reprises, semblant subitement prêter une grande attention à ses paroles. Le capitaine des brigands prit le grand papier des mains de son subordonné et y jetant un coup d'œil, continua :

— Mes autres intentions sont clairement exprimées dans ce document public, que je ferai circuler parmi vous dans un moment et qui sera ensuite affiché sur un arbre dans chaque village de la vallée et à chaque tournant de route dans les montagnes. Je ne vous ennuierai pas avec le texte, vous seriez capable de le critiquer. En voici le résumé. J'annonce d'abord que nous avons fait prisonnier le millionnaire anglais, le géant de la finance, Mr Samuel Harrogate. Ensuite je dis que nous avons trouvé sur lui des valeurs représentant une somme de deux mille livres sterling qu'il m'a remises. Comme d'autre part, il serait réellement immoral d'annoncer une telle chose à un public crédule si ce n'était pas vrai, je propose de faire immédiatement ce qu'il faut pour que cela soit vrai. Je propose à Mr Harrogate père de me remettre dès maintenant les deux mille livres qu'il a dans sa poche.

Le banquier le regarda en fronçant les sourcils, congestionné et de mauvaise humeur, mais visiblement intimidé. Son saut hors de la voiture renversée semblait lui avoir enlevé le peu de forces qui lui restait. Il s'était tenu à l'arrière-plan comme un chien en laisse quand son fils et Muscari avaient fait un mouvement courageux pour passer à travers la troupe de brigands.

À ce moment, sa main rouge et tremblante plongea à contrecœur dans la poche de son veston et en retira un paquet de papiers et d'enveloppes qu'il remit au brigand.

– Merveilleux ! cria gaiement le hors-la-loi, jusqu'à présent tout va bien. Je continue à vous énoncer les points de ma proclamation qui, bientôt, sera publiée dans toute l'Italie. Le troisième point traite de la rançon. Je demande aux amis de la famille une rançon de trois mille livres qui, en somme, est presque une insulte pour cette famille en raison de son importance. Qui ne serait disposé à payer le triple pour passer encore un jour dans une société aussi choisie ? Je ne vous cacherai pas que, vers la fin du document, il est fait allusion à certaines choses désagréables qui pourraient arriver si l'argent n'est pas versé. Mais en attendant, mesdames et messieurs, laissez-moi vous assurer que vous ne manquerez de rien ici, vin et cigares y compris, et laissez-moi vous souhaiter la bienvenue de tout cœur dans les délices du Paradis des Voleurs.

Pendant qu'il parlait, des hommes louches, au chapeau sale rabattu sur les yeux, et armés de ca-

rabines, s'étaient rassemblés en nombre si impo-
sant que même Muscari fut contraint de reconnaître
qu'il n'aurait aucune chance de se frayer un passage à l'aide de son épée. Il regarda autour de lui,
mais la jeune fille était allée consoler et calmer son
père pour lequel elle ressentait une affection plus
forte encore que son orgueil de snob pour ses suc-
cès. Muscari, avec le manque de logique d'un
amoureux, admirait l'affection filiale et en même
temps en était irrité. Il remit son épée au fourreau,
fit quelques pas et se laissa tomber, maussade,
dans l'herbe. Le prêtre était assis quelques mètres
plus loin et Muscari le regarda d'un air irrité.

– Eh bien ! dit le poète aigrement, pense-t-on
encore que je suis trop romantique ? Y a-t-il encore des brigands dans les montagnes ?

– Peut-être, dit le Père Brown d'un air énigmatique.

– Que voulez-vous dire ? demanda l'autre sè-
chement.

– Je veux dire que je suis intrigué, répondit le
Père Brown. Ezza ou Montano, Dieu sait comment il s'appelle, m'intrigue. Il me semble encore
plus déplacé dans son rôle de brigand que dans
celui de guide.

– Mais de quelle façon ? insista son compa-
gnon. Santa Maria ! Il me semble qu'il nous a bien
montré qu'il était un brigand.

– J'y vois trois objections assez curieuses, dit le
prêtre tranquillement. J'aimerais avoir votre opi-

nion là-dessus. Avant tout, je dois vous dire que j'ai déjeuné dans ce restaurant au bord de la mer. Lorsque votre groupe composé de quatre personnes a quitté la salle, vous et Miss Harrogate avez passé devant, riant et bavardant. Le banquier et le guide vous suivaient, parlant peu et plutôt bas. Malgré cela, et sans le faire exprès, j'ai entendu qu'Ezza disait : « Laissez-la donc s'amuser encore un peu, vous savez que le coup peut l'atteindre à chaque instant. » Mr Harrogate n'a rien répondu, ces mots devaient donc avoir un sens pour lui. Sous l'impulsion du moment, j'ai averti son frère qu'elle pouvait être menacé d'un péril, sans préciser, puisque je n'en savais pas davantage. Il ne s'agissait pas de ce guet-apens, ce serait absurde. Pourquoi le guide-brigand aurait-il averti son patron, ne serait-ce que par une vague allusion, quand c'était son intérêt évident de l'attirer dans le piège ? Cela n'a certainement aucun rapport. Mais alors, quel peut bien être cet autre désastre, prévu à la fois par le guide et par le banquier, et qui menace Miss Harrogate ?

– Un désastre qui menace Miss Harrogate ? articula le poète en s'asseyant d'un air décidé. Expliquez-vous, continuez.

– Toutes les énigmes ont un rapport avec notre bandit, continua le prêtre pensivement. Et en voilà une de plus. Pourquoi a-t-il indiqué si ouvertement, dans sa demande de rançon, le fait qu'il avait pris deux mille livres au banquier ? Cela ne me semble guère habile, au contraire. Les amis de Harrogate seraient bien plus inquiets sur son sort s'ils croyaient les brigands sans argent et furieux. Pourtant la spoliation était proclamée en tout premier lieu sur la demande. Pourquoi Ezza Montano voudrait-il si particulièrement faire savoir à toute l'Europe qu'il a vidé les poches du banquier avant de toucher la rançon ?

– Je n'y comprends rien, dit Muscari, rejetant, pour la première fois d'un geste naturel, ses cheveux noirs en arrière. Vous pensez peut-être me faire voir clair dans l'histoire, alors qu'au contraire cela la rend encore plus obscure. Mais quelle est la troisième objection concernant le Roi des Voleurs ?

– La troisième objection, dit le Père Brown, toujours perdu dans ses méditations, est le banc sur lequel nous sommes assis. Pourquoi notre guide-brigand appelle-t-il cet endroit sa principale forteresse et le Paradis des Voleurs ? C'est certainement un endroit merveilleux pour tomber et un charmant endroit à regarder. Par ailleurs, il est vrai, comme il le prétend, qu'il est invisible de la vallée et du haut de la montagne et qu'on y est par conséquent bien caché. Mais ce n'est pas une forteresse. Cela n'a jamais pu être une forteresse. Je pense que cela serait la plus lamentable forteresse du monde. Car, en réalité, l'endroit est dominé par la grand-route de la montagne, celle par où la police viendrait probablement. Eh bien, cinq malheureux fusils nous ont tenus en respect ici il y a une demi-heure. Le quart d'une compagnie de soldats quelconques aurait pu nous faire sauter par-dessus le précipice. Que veut dire ce bizarre petit coin d'herbe et de fleurs ? Ce n'est pas une place fortifiée. C'est autre chose ; cela a quelque étrange importance, quelque valeur que je ne comprends pas. On dirait plutôt un théâtre de plein air, ou une chambre de verdure, on dirait un décor pour quelque comédie romantique ; on dirait...

Pendant que les paroles du petit prêtre allaient se perdre dans une rêverie morose, Muscari, bien plus terre à terre, perçut un nouveau bruit dans la montagne. C'était à peine perceptible même pour son oreille aux aguets, mais il était prêt à jurer que le vent du soir apportait quelque chose comme le choc de sabots de chevaux et de vagues appels.

Au même moment et bien longtemps avant que la vibration eût atteint les oreilles anglaises, moins exercées, Montano courut vers le haut de la pente et s'arrêta dans les broussailles brisées, s'appuyant contre un arbre et scrutant la route. Il présentait un aspect étrange debout là-haut. Il avait mis un invraisemblable chapeau à larges bords, un baudrier et un poignard depuis qu'il s'était révélé roi des bandits, mais il n'avait pu réussir à cacher le voyant et prosaïque tweed de guide.

Une minute après, il tourna sa face olivâtre et ironique et fit un signe de la main. Les brigands s'éparpillèrent à ce signal en un ordre parfait qui

rappelait la discipline des guérillas. Au lieu d'occuper la route le long de l'arête, ils la côtoyèrent en se
dissimulant derrière les haies et les arbres. Le bruit
s'amplifia jusqu'à faire trembler la route, et on entendit nettement une voix donnant des ordres. Les
brigands s'agitèrent, jurant et chuchotant, et l'air du
soir était plein de petits bruits métalliques, quand ils
chargeaient leurs pistolets, tiraient leurs couteaux,
ou qu'ils traînaient les gaines sur les pierres. Ensuite
les bruits des deux camps semblèrent se réunir sur
la route là-haut ; des branches cassèrent, des chevaux hennirent, des hommes poussèrent des cris.

— Du renfort ! cria Muscari en sautant sur ses
pieds et en agitant son chapeau. Voilà les gendarmes ! Maintenant battons-nous ! À nous la liberté ! Maintenant, sus aux brigands ! Venez, ne
laissons pas la police se débrouiller toute seule,
tout cela est si délicieusement moderne. Tombons
sur l'arrière-garde des brigands. Les gendarmes
viennent à notre aide, venez, amis, venons en aide
aux gendarmes !

Et jetant son chapeau par-dessus les arbres, il
tira une fois de plus son poignard et se mit à esca-
lader la pente rejoignant la route. Frank Harrogate
sauta sur ses pieds pour le suivre, revolver en
main, quand, à son grand étonnement, il s'entendit appeler par la voix rauque de son père qui
semblait très agité.

— Je ne veux pas, dit le banquier d'une voix
étranglée. Je t'ordonne de ne pas intervenir.

– Mais papa, dit Frank avec chaleur. Un gentle-
man italien est allé de l'avant. Vous ne voudriez
pas que l'on puisse dire qu'un Anglais soit resté en
arrière ?

– Inutile, dit le banquier, tremblant violemment,
inutile, nous devons subir notre sort.

Le Père Brown regarda le vieil homme, puis il
mit instinctivement la main sur son cœur, mais en
réalité sur la bouteille de poison, et sa figure s'illu-
mina comme à la révélation de la mort.

Entre-temps, Muscari, sans attendre le renfort,
avait escaladé la pente jusqu'à la route ; il frappa
le roi des brigands sur l'épaule. L'autre vacilla et
virevolta sous le choc. Montano, lui aussi, avait
sorti son poignard et Muscari, sans un mot, lui
porta à la tête un coup qu'il dut éviter. Mais pendant que les deux courtes lames tremblaient encore, le Roi des Voleurs laissa tomber la sienne et
se mit à rire.

– À quoi bon, mon vieux ? dit-il en argot italien. Cette sacrée farce sera bientôt finie.

– Que veux-tu dire, vieux fourbe ? rugit le
poète. Est-ce que ton courage est aussi faux que
ton honnêteté ?

– Tout ce qui me concerne est faux, répondit
l'ex-guide gaiement. Je suis acteur et si j'ai jamais
eu un caractère personnel, je l'ai oublié. Je ne suis
pas plus un véritable brigand que je ne suis un véritable guide. Je suis seulement un paquet de mas-
ques et tu ne peux rien contre cela. Et il se mit à

rire avec une insouciance enfantine et tourna réso-
lument le dos à l'escarmouche de la route.

L'obscurité était devenue plus profonde sous les
parois de la montagne et il était difficile de suivre
la lutte ; on voyait seulement que des hommes de
haute taille poussaient leurs chevaux à travers une
foule de brigands qui semblaient plutôt décidés à
les fatiguer qu'à les tuer. On aurait dit une foule
de citadins empêchant la police de passer plutôt
qu'une lutte avec des brigands sanguinaires, telle
que le poète l'avait rêvée. Juste au moment où il
roulait des yeux ahuris, il sentit qu'on lui touchait
le coude et vit le petit prêtre debout à ses côtés,
comme un petit Noé avec un grand chapeau et qui
demandait la permission de lui dire deux mots.

— Signor Muscari, dit le prêtre, j'espère que vous
me pardonnerez de vous entretenir de questions in-
times étant donné les circonstances exceptionnelles
dans lesquelles nous nous trouvons. Je vous dirai
de quelle manière vous pourrez vous rendre plus
utile qu'en aidant les gendarmes qui auront le dessous de toute façon. Excusez mon impertinence,
mais aimez-vous cette jeune fille ? L'aimez-vous
assez pour l'épouser et être un bon mari ?

— Oui, répondit le poète simplement.

— Vous aime-t-elle ?

— Je le crois, fut la grave réponse.

— Alors, allez là-bas et offrez-lui votre cœur, dit le
prêtre. Offrez-lui tout ce que vous pouvez, le ciel et
la terre. Le temps presse.

– Pourquoi ? demanda l'homme de lettres ébahi.

– Parce que son destin s'avance sur la route.

– Rien ne vient sur la route, sauf ceux qui se hâtent à notre secours.

– Eh bien, allez là-bas, dit son conseiller, et soyez prêt à la protéger contre ceux-là.

Pendant qu'il parlait encore, les branchages des buissons craquaient sous les pas des brigands en fuite. Ils s'enfonçaient dans l'épaisseur des taillis et dans l'herbe haute comme une armée en déroute et on voyait les grands chapeaux à trois cornes de la gendarmerie montée poindre au-dessus de la haie brisée. Un autre ordre fut lancé ; les hommes descendirent de leur monture. Un grand officier en chapeau à cornes, en cape grise, un papier à la main, apparut dans la brèche qui marquait l'entrée du Paradis des Voleurs. Il y eut un moment de silence, rompu d'extraordinaire façon par le banquier qui cria d'une voix sourde et étranglée :

– Volé ! J'ai été volé !

– Eh bien, il y a déjà des heures, s'écria son fils, qu'on vous a volé deux mille livres.

– Ce n'est pas des deux mille livres que je parle, dit le financier d'un ton étrangement calme. On m'a volé une petite bouteille.

Le policier à la cape grise passa à travers la brèche. Rencontrant sur sa route le Roi des Voleurs, il lui tapa sur l'épaule, mi-bienveillant mi-brutal, ce qui l'envoya rouler à quelques pas de là.

— Vous aurez aussi des ennuis, dit-il, si vous faites des histoires de ce genre.

Pour l'œil d'artiste de Muscari, cela ne ressemblait nullement à la capture d'un grand criminel. Poursuivant son chemin, l'officier se planta devant le groupe formé par les Harrogate et dit :

— Samuel Harrogate, au nom de la loi, je vous arrête pour détournements de fonds au préjudice de la banque de Hull et Huddersfield.

Le grand banquier hocha la tête d'un air de consentement commercial, sembla réfléchir un moment, et avant qu'on eût pu l'en empêcher, fit demi-tour et s'élança vers le précipice. Levant les bras, il courut exactement comme il l'avait fait en sautant de la voiture. Mais cette fois-ci il ne tomba pas sur une petite prairie ; il tomba d'une hauteur de plus de mille pieds et se rompit les os.

La colère que le policier italien exprima dans un déluge de paroles au Père Brown laissait une grande place à l'admiration.

— Cela lui ressemble bien de trouver moyen de nous échapper, dit-il. C'est *lui* le grand brigand, si vous voulez. Son dernier exploit est, je crois, sans précédent. Il s'est enfui en Italie avec les fonds de sa société et il s'est fait capturer par de faux brigands à sa solde, pour expliquer et la disparition des fonds et la disparition de sa personne. Cette demande de rançon a été prise au sérieux par presque toute la police. Mais il y a des années qu'il fait des choses aussi ingénieuses que celle-ci et même plus ingénieuses que celle-ci. Ce sera une dure perte pour sa famille.

Muscari s'efforça d'emmener la malheureuse jeune fille, qui se cramponnait à lui comme elle devait le faire encore pendant de longues années. Mais même en cet instant tragique, il ne pouvait se défendre de sourire et de serrer la main avec une amitié un peu rancunière à cet inexcusable Ezza Montano.

– Et où iras-tu maintenant ? demanda Muscari.

– À Birmingham, répondit l'acteur, en fumant une cigarette. Ne vous ai-je pas dit que j'étais un futuriste ? Je crois réellement à ces choses-là si je crois encore en quelque chose. Changement, mouvement, du nouveau tous les matins. Je vais aller à Manchester, Liverpool, Leeds, Hull, Hudersfield, Glasgow, Chicago... dans des pays modernes, énergiques et civilisés en un mot.

– En un mot, dit Muscari, au véritable Paradis des Voleurs !...

Les naufragés des Pendragon

Le Père Brown n'était aucunement disposé aux aventures. Quelque temps auparavant, il était tombé malade par suite du surmenage et quand il entra en convalescence, son ami Flambeau l'avait emmené faire une croisière sur un petit yacht avec Sir Cecil Fanshaw, un jeune hobereau des Cornouailles qui adorait la côte des Cornouailles. Mais Brown était encore faible ; il n'avait pas le pied marin et tout en n'étant pas de l'espèce de gens qui grognent ou deviennent tout à fait déprimés, il était seulement patient et poli, mais peu animé. Lorsque les deux autres hommes s'extasiaient sur le coucher de soleil parmi les nuages violets ou les rochers escarpés aux formes volcaniques, il acquiesçait mollement. Lorsque Flambeau remarquait un rocher en forme de dragon, il le regardait et disait qu'il avait en effet la forme d'un dragon. Lorsque Fanshaw, encore plus enthousiasmé, indiquait un rocher qui ressemblait à Merlin, il le regardait et disait qu'il était du même avis.

Lorsque Flambeau lui demandait s'il pensait aussi que la barrière de rochers avait l'air de l'entrée du pays des fées, il disait : « Ooui. » Il entendait les choses les plus importantes et les plus banales avec la même indifférence. Il entendait que cette côte était funeste pour tout marin qui ne serait pas extrêmement prudent ; il entendait aussi que le chat du bord dormait. Il entendait Fanshaw dire qu'il ne pouvait trouver nulle part son fume-cigares ; il entendait aussi le pilote rendre cet oracle :

> *Deux yeux ouverts*
> *Tout va bien.*
> *Un œil clignote*
> *Gare au naufrage.*

Il entendait Flambeau déclarer à Fanshaw que cela signifiait sans doute que le pilote devait garder ses deux yeux bien ouverts. Et il entendait Fanshaw répondre que justement cela ne voulait pas dire ça : qu'en voyant les deux phares, l'un proche et l'autre à une certaine distance, on était sûr de suivre la bonne route, tandis que si une lumière était cachée derrière l'autre, on allait donner sur les rochers. Il entendait Flambeau ajouter que le pays était plein de ce genre de dictons et de légendes ; c'était vraiment le pays des légendes ; il prétendait même que les Cornouailles dépassaient le Devonshire en gloires maritimes de l'époque élisabéthaine. D'après lui, il y avait eu des capitaines

dans ces baies et dans ces îlots auprès desquels
Drake n'était rien qu'un simple terrien. Il entendait rire Flambeau en demandant si le titre aventu-
reux de « Westward Ho » voulait dire simplement
que tous les hommes du Devonshire désiraient
vivre en Cornouailles. Il entendait Fanshaw dire
qu'il n'y avait pas lieu de plaisanter, que non seulement, il y avait eu des héros parmi les capitaines
des Cornouailles, mais qu'il y avait encore des
héros dans la région, que justement dans ces para-
ges vivait un vieil amiral à la retraite, maintenant,
qui avait fait des voyages merveilleux, pleins
d'aventures et qui, dans sa jeunesse, avait décou-
vert le dernier groupe des huit îles du Pacifique
qu'on avait ajouté à la carte du monde. Ce Cecil
Fanshaw personnifiait bien le type d'homme qui a
besoin de s'enthousiasmer de cette façon ; un
homme très jeune, haut en couleur, aux cheveux
clairs, au profil net, à l'esprit bravache comme un
gamin, mais d'apparence délicate comme une
jeune fille. Flambeau, avec ses épaules larges, ses
sourcils noirs et son air fanfaron de mousquetaire,
formait un plaisant contraste avec lui.

Brown entendait et voyait tout cela, mais comme
un homme fatigué entend un air dans le bruit du
train ou comme un malade voit le dessin du papier de tenture sur les murs. On ne peut jamais
prévoir les réactions d'un convalescent, mais il
faut croire que la dépression du Père Brown pro-
venait en grande partie de son manque de familia-

rité avec la mer parce que, dès que l'on fut arrivé
à l'embouchure du fleuve, étroite comme le col
d'une bouteille, que l'eau fut plus calme et l'air
plus chaud et plus terrestre, il sembla s'éveiller et
s'intéresser à ce qui l'entourait, comme un nour-
risson qui prend conscience du monde extérieur.
Ils avaient atteint cet endroit après le coucher du
soleil, lorsque l'air et l'eau semblent clairs et la terre
et toute la végétation plutôt noires en comparaison. Pourtant, ce soir-là avait quelque chose de
particulier. L'atmosphère était si limpide qu'il semblait qu'un verre fumé ait été retiré entre la nature
et les spectateurs, à tel point que même les couleurs sombres semblaient en cet instant plus écla-
tantes que les couleurs claires par un jour sans
nuage. Le sol foulé des rivages et la surface souillée
des flaques d'eau ne semblaient pas de la boue
mais de l'ombre chaude, et les sombres forêts agi-
tées par la brise ne semblaient pas, comme d'habitude, bleu terne avec plus ou moins de profondeur
et de distance, mais avaient plutôt l'air de grandes
fleurs violettes courbées par le vent. Cette clarté
magique et cette intensité des couleurs frappaient
d'autant plus les sens peu à peu éveillés du Père
Brown qu'il y avait dans la forme du paysage
quelque chose de romantique et même de mystérieux.

La rivière était encore assez large et assez profonde pour un bateau de plaisance comme le
leur ; mais les courbes du rivage semblaient indi-

quer qu'elle continuerait à se rétrécir ; les forêts
semblaient vouloir en vain imiter des ponts, comme
si le bateau, de cette vallée romantique, allait s'en-
foncer dans une caverne et ainsi vers un tunnel
suprêmement romantique. En dehors de cette apparence des choses, il y avait peu de nourriture
pour l'imagination du Père Brown à peine ressus-
citée. Il ne voyait pas d'autres êtres humains que
quelques romanichels allant le long du rivage,
portant des fagots de bois mort ou de branches
d'osier coupés dans la forêt, et une jeune fille aux
cheveux sombres, tête nue, ce qui dans ce pays
perdu semblait assez étrange. Elle était assise dans
un canot et ramait. Si le Père Brown avait attaché
quelque importance à ces personnages, il les aurait
sûrement oubliés à la courbe suivante qui offrit à
sa vue une chose singulière.

L'eau semblait s'élargir et s'écarter, fendue par
la sombre masse d'un îlot, boisé, en forme de poisson. À l'allure à laquelle ils se déplaçaient, l'îlot
semblait nager à leur rencontre, comme un bateau ; un bateau avec une proue très haute ou,
pour être plus exact, une très haute cheminée. À
son extrémité, tournée vers eux, s'élevait une construction bizarre, ne ressemblant à rien de connu.
Impossible de deviner à quoi cela pouvait servir.
La construction n'était pas très haute, mais trop
élevée par rapport à sa largeur pour être autre
chose qu'une tour. Elle semblait construite entière-
ment en bois et d'une façon tout à fait étonnante.

Tandis qu'une partie des planches et des poutres
était en bon chêne sec, d'autres du même bois
étaient tout à fait neuves, d'autres encore en bois
de sapin blanc ou badigeonnées de goudron. Ces
poutres noires étaient placées en tous sens, donnant à la construction un aspect bigarré et mystérieux. Il y avait une ou deux fenêtres qui avaient
dû être peintes et dont le châssis était en plomb à
la manière ancienne. Les voyageurs regardaient
cette construction avec ce sentiment indéfinissable
que nous avons quand une chose éveille en nous
quelque souvenir avec la certitude qu'en réalité
c'est bien différent.

Le Père Brown, quand il était intrigué, savait
bien analyser ses propres impressions. Il se surprit
à penser que la bizarrerie de l'édifice semblait
consister en une forme déterminée faite d'une ma-
tière inadéquate, comme par exemple un chapeau
haut de forme en étain ou une redingote en toile à
voile. Il était sûr d'avoir vu quelque part des poutres disposées de la même manière, mais dans une
construction de proportions architecturales différentes. Un moment plus tard, un coup d'œil entre
les arbres sombres lui dit tout ce qu'il désirait savoir ; et il rit. Dans une clairière, apparut pendant
un instant une de ces vieilles maisons en bois
qu'on trouve encore par-ci, par-là en Angleterre,
mais que nous voyons seulement reproduites dans
quelque exposition appelée « Vieille Angleterre »
ou « l'Angleterre du temps de Shakespeare ». La

maison ne resta visible que juste le temps qu'il a fallu au prêtre pour voir que, tout en étant ancienne, la maison semblait confortable et bien tenue, avec des massifs de fleurs devant la façade. Elle n'avait rien de l'aspect fantastique de la tour qui paraissait avoir été construite avec ses restes.

– Que diable cela peut-il bien être ? dit Flambeau qui regardait encore la tour.

Les yeux de Fanshaw brillaient et il dit d'un air triomphant :

– Ah ! Ah ! Vous n'avez jamais rien vu de pareil, n'est-ce pas ? Voilà pourquoi je vous ai amenés ici. Maintenant vous verrez si j'ai exagéré en parlant des marins de Cornouailles. Cette propriété appartient au vieux Pendragon, que nous appelons l'Amiral, quoiqu'il ait pris sa retraite avant d'arriver à ce grade. L'esprit de Raleigh et d'Hawkins vit encore dans la mémoire des gens du Devonshire, mais il existe dans la réalité chez les Pendragon. Si la reine Élisabeth sortait de son tombeau et remontait cette rivière dans un bateau doré, elle serait reçue par l'Amiral dans une maison exactement pareille à celles de son époque, pareille dans tous les recoins, toutes les croisées, dans chaque panneau sur les murs et chaque plat sur la table. Et elle trouverait un capitaine anglais parlant encore de nouvelles terres à découvrir en naviguant sur de petits bateaux, exactement comme si elle dînait avec Drake.

– Elle trouverait dans le jardin une chose bi-

zarre, dit le Père Brown, qui ne plairait pas à son
œil de la Renaissance. L'architecture élisabéthaine
est charmante, mais les tourelles sont tout à fait
contraires à son style.

– Et pourtant, répondit Fanshaw, c'est là le côté
le plus romantique et le plus élisabéthain de l'affaire. La tour a été construite par les Pendragon
pendant les guerres d'Espagne et bien qu'elle ait
eu besoin de réparations et qu'elle ait été reconstruite pour une autre raison, on la reconstruit toujours dans le vieux style. On dit que l'épouse de
Sir Peter Pendragon l'a fait élever à cet endroit et
de cette hauteur, parce que de là-haut seulement
on peut juste voir la courbe où les bateaux pénè-
trent dans l'embouchure de la rivière et elle voulait être la première à voir le vaisseau de son mari
quand il reviendrait d'Espagne.

– Pour quelle autre raison, demanda le Père
Brown, a-t-elle été reconstruite ?

– Oh ! il y a là-dessous une histoire étrange, dit
le jeune noble enchanté. Vous êtes vraiment au
pays des histoires étranges. Le roi Arthur était ici,
et Merlin, et avant eux, les fées. La légende dit
que Sir Peter Pendragon qui, j'en ai peur, avait
quelques-uns des défauts des pirates tout en ayant
les vertus d'un marin, amenait sur son bateau
trois nobles espagnols en captivité honorable, dans
l'intention de les accompagner à la cour d'Élisabeth. Mais c'était un homme violent et féroce et
s'étant querellé avec l'un des Espagnols, il l'avait

pris à la gorge et soit par accident, soit intentionnellement, l'avait jeté à la mer. Un second Espagnol, le frère de l'autre, avait tiré son épée et
s'était jeté sur Pendragon. Après un combat bref
mais acharné, pendant lequel chaque combattant
avait reçu trois blessures en autant de minutes,
Pendragon avait plongé sa lame dans le corps de
son adversaire et le second Espagnol avait eu son
compte. À ce moment-là, le bateau était déjà entré
dans l'embouchure du fleuve et dans des eaux relativement basses. Le troisième Espagnol avait
sauté par-dessus bord, nagé vers le rivage et s'en
trouva bientôt assez près pour rester debout dans
l'eau jusqu'à la ceinture. Se tournant alors vers le
bateau, les bras levés au ciel comme un prophète
appelant le fléau sur une ville de perdition, il avait
crié à Pendragon que lui au moins était encore
vivant, qu'il resterait toujours vivant et que génération après génération les Pendragon ne le verraient jamais, mais qu'ils s'apercevraient à certains
signes qu'ils étaient vivants, lui et sa vengeance.
Puis il avait plongé et s'était noyé, ou peut-être
avait-il nagé si profondément sous l'eau que pas
un cheveu de sa tête n'a été vu depuis lors.

— Voici encore la jeune fille dans le canot, dit
Flambeau en suivant son idée, parce qu'une belle
jeune femme le rendait toujours terriblement distrait. Elle semble aussi intriguée que nous par cette
tour bizarre.

En effet, la jeune femme aux cheveux foncés

laissait dériver son canot tout doucement le long
de l'étrange îlot et regardait l'étrange tour, longue-
ment et attentivement avec une lueur de curiosité
sur son visage olivâtre.

– Ne nous occupons pas des jeunes filles, dit
Fanshaw impatiemment, il y en a des quantités
partout, mais il n'en est pas de même pour la
Tour des Pendragon. Comme vous vous en dou-
tez, on a pas mal brodé autour de la malédiction
de l'Espagnol et probablement tout accident arrivé
à cette famille des Cornouailles a été ramené à
cette histoire. Mais il est parfaitement exact que
cette tour a brûlé deux ou trois fois et on ne peut
vraiment pas dire que la famille est heureuse,
parce que deux au moins, si ce n'est pas davantage, des plus proches parents de l'Amiral, ont péri
dans un naufrage ; un au moins, je le sais avec certitude, juste à l'endroit où Sir Peter a jeté l'Espagnol par-dessus bord.

– Oh ! que c'est dommage, s'écria Flambeau. Elle
s'en va.

– Quand votre ami l'Amiral vous a-t-il conté
cette histoire de famille ? demanda le Père Brown,
tandis que la jeune fille, dans le canot, s'éloignait
sans étendre le moins du monde sa curiosité de la
Tour jusqu'au yacht que Fanshaw avait déjà amarré
le long de l'île.

– Il y a longtemps, répliqua Fanshaw, il n'a pas
été sur mer depuis quelque temps, bien qu'il l'aime
toujours autant. Je pense que c'est un accord avec

sa famille ou quelque chose de ce genre. Voici le débarcadère, descendons et allons voir le vieux.

Les autres le suivirent dans l'île jusqu'au pied de la tour et le Père Brown, soit du fait de toucher la terre ferme, soit par suite de l'intérêt que lui inspirait quelque chose sur l'autre rive (il regarda par là pendant quelques secondes avec une attention soutenue), semblait soudain avoir retrouvé sa vigueur. Ils entrèrent dans une allée bordée de deux rangées de ces petits arbres gris qu'on plante beaucoup autour des parcs et des jardins et au-dessus desquels les arbres sombres se balançaient de-ci, de-là comme des plumes noires et pourpres sur le casque d'un géant. La Tour, qu'ils laissèrent derrière eux, semblaient encore plus bizarre parce que ces entrées sont généralement flanquées de deux tours. À part cela, l'allée avait l'aspect habituel de l'entrée d'une propriété de gentilhomme, mais elle décrivait une telle courbe que la maison était invisible pour l'instant, ce qui donnait l'impression que le parc était beaucoup plus grand qu'il ne pouvait l'être raisonnablement étant donné l'exiguïté de l'île. L'imagination du Père Brown était peut-être un peu déréglée par suite de sa fatigue, toujours est-il qu'il lui semblait que tout allait en grandissant comme dans un cauchemar. Leur marche se caractérisait cependant par une monotonie silencieuse jusqu'à ce que Fanshaw s'arrêtât et désignât quelque chose sortant de la haie grise, quelque chose qui ressemblait à la corne d'un animal. En regardant de plus près, on aurait pu voir que c'était une lame de métal légèrement recourbée, brillant faiblement dans le soir qui tombait.

Flambeau qui, comme tous les Français, avait été soldat, se pencha sur l'obhet et dit, saisi :

– Par exemple ! C'est un sabre ! Je crois que je connais ce genre d'arme : lourd et recourbé, mais plus court que ceux de la cavalerie. On les emploie dans l'artillerie et...

Tandis qu'il parlait, le sabre fut retiré et abaissé de nouveau, d'un coup énergique, fendant la haie jusqu'au sol. Puis il fut retiré de nouveau et lancé sur la haie un peu plus loin, la fendant à moitié du premier coup ; et après une lutte pour l'arracher (accompagnée de jurons dans l'obscurité) il retomba cette fois pour la tailler jusqu'à terre. Puis une poussée d'une énergie diabolique envoya la partie des branches coupées au milieu du sentier, laissant un trou béant dans la clôture.

Fanshaw jeta un coup d'œil dans cette brèche obscure et s'exclama, étonné :

– Mon cher Amiral, allez-vous... heu !... toujours découper une nouvelle entrée chaque fois que vous faites une promenade ?

La voix dans l'obscurité poussa un nouveau juron qui se transforma bientôt en un rire bienveillant :

– Non, dit-elle, jé dois de toute façon enlever cette haie, elle abîme toutes les plantes et il n'y a ici personne d'autre que moi pour le faire. Mais je vais seulement en couper encore une partie du côté de la porte d'entrée, après quoi je viendrai vous souhaiter la bienvenue.

Il souleva son arme une fois de plus et frappant par deux fois, il enleva un autre morceau pareil de la haie, élargissant ainsi l'ouverture jusqu'à quatorze pieds environ. Puis, par ce portail de verdure, il sortit dans la lumière du soir ; une latte de bois gris était fixée à la lame de son épée.

Tout d'abord, il apparaissait bien comme un vieil amiral-pirate tel que nous l'avait décrit Fanshaw, mais à la réflexion tous ces détails semblaient plutôt fortuits. Par exemple : il portait un chapeau à larges bords comme pour le protéger du soleil, mais le devant du chapeau était relevé tout droit et les deux côtés tirés plus bas que les oreilles formaient autour du front une sorte de croissant dans le genre du vieux chapeau à cornes de Nelson. Il avait une veste bleu foncé tout à fait ordinaire, avec des boutons quelconques, mais l'ensemble qu'il formait avec des pantalons de toile blanche lui donnait l'air d'un marin. Il était grand et souple et sa démarche était un peu déhanchée, ce qui n'était pas tout à fait un déhanchement de marin, mais y faisait penser. Dans sa main il tenait un sabre court qui ressemblait à un coutelas de marin, mais était deux fois plus grand. Sous la courbe du chapeau, son visage au nez aquilin semblait vif et net, étant non seulement tout rasé, mais

encore sans sourcils. On aurait dit que tous ses
poils l'avaient quitté dans sa lutte contre les éléments déchaînés. Ses yeux étaient à fleur de tête et
perçants. Son teint curieux, quelque peu tropical,
rappelait vaguement la couleur d'une orange san-
guine. C'est-à-dire que, tout en étant hâlé et sanguin,
il avait une teinte jaunâtre qui n'était nullement ma-
ladive, mais qui brillait comme l'or des pommes
des Hespérides. Le Père Brown pensait qu'il n'avait
jamais vu une figure aussi expressive dans tous les
romans du pays du soleil.

Après avoir présenté ses deux compagnons à
son hôte, Fanshaw remit encore la conversation
sur la haie que son ami était en train d'abattre et
le traita de vandale. L'Amiral, tout d'abord, dit
d'un ton indifférent que ce n'était qu'un travail de
jardinage ennuyeux mais indispensable ; mais, finalement, il se mit à rire avec force et s'écria, mi-
impatienté, mi-plaisantant :

— Eh bien ! oui, j'y vais peut-être un peu bruta-
lement et je ressens un certain plaisir à détruire. Il
en serait de même pour vous si votre seul plaisir
était de naviguer pour trouver quelque nouvelle
île de cannibales et que vous soyez obligé de rester
sur un malheureux petit rocher, au milieu d'une
sorte de mare de village. Quand je pense comment j'ai coupé un mille et demi d'une jungle empoisonnée avec un vieux coutelas moitié moins
tranchant que celui-là et que je dois rester ici pour
taillader ces espèces d'allumettes, tout cela à cause

d'une satanée vieille convention stipulée dans une bible de famille, eh bien ! je...

Il leva de nouveau sa lourde arme et, cette fois-ci, coupa d'un seul coup le mur de bois du haut en bas.

– Cela me fait du bien, dit-il en riant. Puis jetant furieusement le sabre quelques pieds plus loin sur le sentier : « Et maintenant, allons à la maison, je vais donner des ordres pour le dîner. »

Le demi-cercle de la pelouse devant la maison était orné de trois massifs de fleurs : l'un de tulipes rouges, le second de tulipes jaunes, et le troisième de fleurs blanches qui avaient l'air artificielles ; les visiteurs n'en ayant jamais vu de pareilles les prenaient pour des fleurs exotiques. Un jardinier lourd, poilu et morose, était en train de suspendre l'encombrant rouleau du tuyau d'arrosage. Les derniers rayons du soleil couchant clignotaient derrière la maison, éclairant de-ci, de-là les couleurs des massifs de fleurs les plus éloignés ; dans un espace libre, d'un côté de la maison, et dominant la rivière, se trouvait un haut trépied de cuivre supportant une énorme longue-vue également en cuivre. Juste en haut des marches du perron il y avait une petite table de jardin peinte en vert, comme si quelqu'un venait d'y prendre le thé. L'entrée était flanquée de deux de ces blocs de pierre à peu près informes, avec des trous en guise d'yeux, qu'on croit être des idoles des Mers du Sud. Et sur la poutre en chêne brun, au-dessus de la porte, il y avait quelques vagues sculptures, elles aussi, plutôt barbares.

Comme ils entraient, le petit prêtre sauta soudain sur la table et se mit à regarder attentivement à travers ses lunettes les sculptures dans le chêne. L'Amiral Pendragon eut l'air ahuri, mais nullement agacé, tandis que Fanshaw trouvait l'espèce de pygmée sur son petit socle si amusant qu'il ne put se retenir de rire. Mais le Père Brown ne sembla remarquer ni le rire de l'un, ni l'étonnement de l'autre.

Il regardait les trois motifs symboliques qui, bien qu'usés et incompréhensibles, avaient un certain sens pour lui. Le premier représentait une tour ou quelque autre construction, couronnée de ce qui avait l'air de rubans ondulés. Le second était plus net : une galère de l'époque élisabéthaine flottant sur des vagues décoratives, mais séparée en deux par un rocher étrangement déchiqueté, qui pouvait être un défaut du bois ou bien une façon de figurer l'eau se brisant contre elle. Le troisième représentait un torse humain qui se terminait en une ligne gracieuse comme les vagues ; le visage était effacé et indéchiffrable, et les deux bras s'élevaient avec raideur vers le ciel.

– Eh bien ! grogna le Père Brown en cillant, voilà la légende de l'Espagnol clairement exprimée. Il lève les bras et lance sa malédiction vers le large et voilà les deux malédictions : le bateau naufragé et l'incendie de la Tour des Pendragon.

Pendragon secoua la tête d'un air passablement amusé.

– Combien d'autres choses cela peut-il encore représenter ? dit-il. Ne savez-vous pas que ce genre d'image, moitié homme, moitié lion ou cerf, est assez commune dans les blasons ? Est-ce que cette ligne fendant le bateau ne peut pas être une de ces lignes *dentelées*, comme on dit ? Et quoique le troisième motif ne soit pas tellement héraldique, il le serait suffisamment si nous supposons que c'est une tour couronnée de lauriers au lieu de flammes et on dirait bien que c'est cela.

– Mais c'est tout de même étrange, dit Flambeau, que cela confirme exactement la vieille légende.

– Ah ! répliqua le voyageur sceptique, mais vous ne savez pas à quel point la vieille légende est tirée des vieilles images. Fanshaw, qui adore ce genre de chose, pourra vous dire qu'il y a d'autres versions de l'histoire encore bien plus terribles. L'une veut que mon malheureux ancêtre ait coupé l'Espagnol en deux, et cela s'adapte aussi à cette charmante image. Une autre prête obligeamment à ma famille la possession d'une tour pleine de serpents et explique de cette façon ces lignes en zigzag. Une troisième théorie attribue cette ligne tortueuse sur le bateau à la foudre stylisée ; mais en examinant sérieusement, ne serait-ce que cette supposition, on verra que ces malheureuses coïncidences concordent peu avec la réalité.

— Que voulez-vous dire ? demanda Fanshaw.

— À ce qu'il paraît, répliqua son hôte d'un ton plutôt froid, il n'y a eu ni foudre ni tonnerre dans les deux ou trois naufrages dont j'ai connaissance dans notre famille.

— Ah ! dit le Père Brown, et il sauta de la petite table.

Il y eut encore un silence ; on n'entendait que le murmure de la rivière ; puis Fanshaw dit d'une voix hésitante et peut-être déçue :

— Alors vous pensez qu'il n'y a rien de vrai dans les histoires de la tour en flammes ?

— Il y a des histoires, naturellement, dit l'Amiral, haussant les épaules, et quelques-unes, je veux bien, s'appuient sur des témoignages aussi sérieux que ceux que l'on a pour toutes les choses de ce genre. Quelqu'un a vu une lueur de ce côté en rentrant par la forêt ; un berger gardant ses moutons sur les hauteurs a cru voir une flamme surgir de la Tour des Pendragon. Pour moi, un sacré lopin de boue comme cette île de malheur semble bien être le dernier endroit où l'on puisse trouver un feu.

— Et quel est ce feu là-bas ? demanda le Père Brown, indiquant du doigt la forêt sur la rive gauche de la rivière.

Ils restèrent tous quatre un moment décontenancés, même Fanshaw, doué de l'imagination la plus puissante, mit un moment à recouvrer ses esprits devant le spectacle d'une mince colonne de fumée bleue qui montait silencieusement dans le ciel encore clair.

À la fin, Pendragon éclata d'un rire méprisant :

– Ce sont des romanichels, dit-il ; il y a bien une semaine qu'ils campent là. Messieurs, allons dîner, et il fit demi-tour pour entrer dans la maison.

Mais la superstition tenait encore Fanshaw. Il dit vivement :

– Amiral, quel est donc ce sifflement tout près de l'île ? Cela ressemble au crépitement de branches qu'on brûle.

– Cela ressemble plutôt à ce que c'est réellement, dit l'Amiral précédant ses invités en riant : ce n'est qu'un canot qui passe.

Juste à ce moment-là, le maître d'hôtel, un homme maigre, habillé de noir, aux cheveux très noirs et avec une longue figure jaune, annonça que le dîner était servi.

La salle à manger ressemblait à une cabine de bateau ; mais le style révélait un capitaine moderne plutôt qu'un de ceux de l'époque élisabéthaine. Il y avait bien trois coutelas anciens au-dessus de la cheminée et une carte brune du XVIe siècle avec des tritons et de petits bateaux sur une mer ondulée. Mais ces objets frappaient moins sur ces murs blancs que quelques vitrines contenant des oiseaux sud-américains au plumage bigarré, habilement empaillés, des coquillages fantastiques du Pacifique et quelques instruments si grossiers et si bizarres que les sauvages avaient dû s'en servir pour tuer leurs ennemis ou pour les faire cuire. L'aspect barbare de la pièce était encore renforcé par le fait, qu'outre le maître d'hôtel, les seuls domestiques de l'Amiral étaient deux nègres curieusement vêtus d'étroites livrées de couleur jaune. L'habitude instinctive du prêtre d'analyser ses impressions, lui dit que la couleur et le petit pan des habits de ces bipèdes suggéraient le mot : « Canaries » et faisaient penser aux voyages dans le Sud. Vers la fin du dîner, leurs vêtements jaunes et leurs visages noirs disparurent de la pièce pour n'y laisser que les vêtements noirs et le visage jaune du maître d'hôtel.

— Je regrette que vous preniez tout cela aussi légèrement, dit Fanshaw à son hôte, parce que pour vous dire la vérité j'ai amené mes amis dans l'île avec l'arrière-pensée qu'ils pourraient vous aider parce qu'ils s'y connaissent en ce genre de chose. Ne croyez-vous vraiment pas à cette histoire de famille ?

— Je ne crois rien du tout, répondit Pendragon vivement, son œil brillant fixé sur un oiseau tropical d'un rouge éclatant. Je suis un homme de science.

À la grande surprise de Flambeau, son ami le prêtre semblant se réveiller complètement à cette remarque, saisit l'occasion et se mit à parler histoire naturelle en faisant montre de connaissances approfondies et plutôt surprenantes. Il parla ainsi

jusqu'à ce que le dessert et les carafes fussent dé-
posés sur la table et que le dernier des domestiques eût disparu. Alors, sans changer d'intonation,
il dit :

– Ne me croyez pas impertinent, Amiral Pendragon. Ce n'est pas par curiosité que je vous
questionne, mais seulement pour en avoir le cœur
net et dans votre intérêt. Me suis-je trompé en
supposant que vous n'aimez pas qu'on parle de
ces vieilles histoires devant votre maître d'hôtel ?

L'Amiral leva les arcs dégarnis de ses sourcils et
s'exclama :

– Je ne sais pas comment vous le savez, mais
c'est vrai que je n'aime guère le bonhomme, tout
en n'ayant aucun prétexte pour congédier un
vieux serviteur de ma famille. Fanshaw, avec son
imagination fertile, dira que mon sang se révolte
contre des hommes qui ont cette chevelure noire
du genre espagnol.

Flambeau frappa la table de son poing lourd.

– Bon Dieu ! s'écria-t-il, la jeune fille aussi.

– J'espère que tout sera fini ce soir, continua
l'Amiral, lorsque mon neveu sera revenu sain et
sauf de son bateau. Vous avez l'air surpris. Vous
ne comprenez pas, je suppose, eh bien, je vais
vous raconter l'histoire. Mon père avait deux fils ;
je suis resté célibataire, mais mon frère aîné s'est
marié et a eu un fils qui est devenu marin comme
nous tous et qui héritera du domaine. Mon père
était un homme étrange qui combinait la supersti-

tion de Fanshaw avec une bonne dose de mon propre scepticisme, sans que l'une ou l'autre prenne le dessus ; après mes premiers voyages, il est arrivé à une conclusion qui, à son idée, allait démontrer si la malédiction existait ou n'était qu'un leurre. Si tous les Pendragon naviguaient, pensait-il, il y avait trop de chances de catastrophes pour que cela prouve quelque chose. Mais si nous ne partions sur la mer qu'un seul à la fois dans l'ordre de la succession, on pourrait voir si un destin malheureux poursuivait la famille en tant que famille. Je pense que c'était une idée assez stupide et je me suis violemment disputé à ce sujet avec mon frère, parce que j'étais un homme ambitieux et que je devais passer le dernier, n'arrivant à la succession qu'après mon neveu.

— Je pense, dit le prêtre, que votre père et votre frère sont morts en mer.

— Oui, grogna l'Amiral, par un de ces accidents brutaux sur lesquelles sont construites toutes les mythologies, ils ont péri tous les deux dans des naufrages. Mon père, revenant de l'Atlantique, a été englouti avec son bateau qui s'était échoué contre les rochers de Cornouailles. Le bateau de mon frère a coulé, personne ne sait où pendant son voyage de retour de Tasmanie. On n'a jamais retrouvé son corps. Je vous assure que c'étaient des accidents parfaitement naturels. Bien d'autres gens que les Pendragon se sont noyés et les deux désastres sont expliqués normalement par des na-

vigateurs. Mais naturellement, cela a mis le feu à
cette forêt de superstitions, tout le monde a vu
partout la Tour en flammes. Voilà pourquoi je dis
que tout ira bien quand Walter sera de retour. Sa
fiancée devait venir aujourd'hui ; mais j'ai été si
inquiet de la voir effrayée par quelque retard ma-
lencontreux que je lui ai télégraphié de ne venir
que lorsque je l'avertirai. Mais je suis sûr qu'il ar-
rivera ce soir, tôt ou tard, et tout s'évanouira en
fumée... en fumée de tabac. Nous allons enterrer
ce vieux mensonge en vidant une bouteille de vin.

– Très bon ce vin, dit le Père Brown, levant gravement son verre, mais comme vous voyez, je suis
un bien mauvais buveur. Je vous prie de m'excuser.

Il avait renversé une petite goutte de vin sur la
nappe. Il but et posa son verre, la figure impassi-
ble, mais sa main avait tremblé au moment où il
s'était rendu compte qu'un visage regardait par la
fenêtre, juste derrière l'Amiral. Le visage d'une
femme, hâlé, aux yeux et aux cheveux noirs, jeune
mais à l'expression tragique.

Après une pause, le prêtre se remit à parler de
sa voix douce :

– Amiral, dit-il, voulez-vous m'accorder une fa-
veur ? Laissez-moi, avec mes amis, s'ils le veulent,
passer la nuit dans votre Tour. Savez-vous qu'à
mon avis vous êtes plutôt un enchanteur ?

Pendragon se leva brusquement et se mit à marcher rapidement de long en large, longeant la fenêtre d'où le visage avait immédiatement disparu.

– Je vous dis qu'il n'y a rien là-dedans, cria-t-il violemment. Il y a une chose que je sais à ce sujet. Vous pouvez m'appeler athée. Je suis un athée.

Et ce disant, il se tourna vers le Père Brown et le fixa farouchement.

– Tout cela est parfaitement naturel. Il n'y a aucune malédiction dans tout cela.

Le Père Brown sourit.

– Dans ce cas, dit-il, il ne peut pas y avoir d'objection à ce que je couche dans votre délicieuse cabane.

– Cette idée est parfaitement ridicule, répliqua l'Amiral en tambourinant sur le dossier de sa chaise.

– Excusez-moi pour tout et pour avoir renversé du vin, dit Brown, de son ton le plus aimable. Mais il me semble que vous n'êtes pas aussi tranquille au sujet de la Tour en flammes que vous voulez bien le dire.

L'Amiral Pendragon s'assit aussi brusquement qu'il s'était levé, puis il resta tranquillement assis, et quand il reprit la parole, ce fut d'une voix plutôt basse.

– Vous le ferez à vos risques et périls, dit-il, mais est-ce que *vous* ne seriez pas un athée pour garder votre raison au milieu de toutes ces diableries ?

Quelque trois heures plus tard, Fanshaw, Flambeau et le prêtre flânaient encore dans le jardin et les deux autres commençaient à comprendre que le Père Brown n'avait pas du tout l'intention de se coucher ni dans la maison, ni dans la Tour.

– Je crois que la pelouse a besoin d'être sarclée, dit-il rêveusement. Si je trouvais une bêche ou autre chose de ce genre, je le ferais moi-même.

Les autres le suivaient en riant et en le taquinant, mais il répondit solennellement en leur faisant un petit discours déconcertant, disant que l'on peut toujours trouver quelque travail à faire pour aider son prochain. Il ne découvrit pas de bêche mais seulement un vieux balai de jonc avec lequel il se mit à réunir les feuilles mortes éparpillées sur la pelouse.

– Il y a toujours quelque petite chose à faire, dit-il avec une gaieté niaise, selon George Herbert : « Celui qui balaie le jardin d'un Amiral en Cornouailles en Ton nom, fait une bonne action. » Et maintenant, ajouta-t-il, allons arroser les fleurs.

Avec des sentiments divers, les autres le voyaient dérouler une bonne longueur de tuyau d'arrosage. D'un air pensif, il continua :

– Les tulipes rouges avant les jaunes. Elles ont l'air d'avoir plus soif, n'est-ce pas ?

Il tourna le petit robinet et l'eau sortit d'un jet droit et fort comme une barre d'acier.

– Regardez ce que vous faites, Samson, cria Flambeau, vous avez enlevé la tête de cette tulipe.

Le Père Brown regarda plein de contrition la plante décapitée.

– Ma façon d'arroser ne vaut pas grand-chose, admit-il en se grattant la tête. C'est dommage que je n'aie pas trouvé de bêche. Vous m'auriez vu à l'œuvre avec la bêche ! À propos d'outils, vous avez votre canne-épée, celle que vous portez toujours, Flambeau ? Très bien, et Sir Cecil peut prendre l'épée que l'Amiral a jetée par terre près de la haie. Comme tout paraît gris !

– La brume vient de la rivière, dit Flambeau regardant fixement devant lui.

Pendant qu'il parlait encore, le jardinier poilu apparut sur la partie la plus haute de la pelouse en terrasse, en leur faisant signe avec un rateau qu'il brandissait et criant :

– Posez cette lance, posez-la et allez...

– Je suis terriblement maladroit, répondit timidement le prêtre, vous savez, j'ai renversé du vin pendant le dîner.

Il fit quelques pas en chancelant et un mouvement de la main comme pour s'excuser, tenant toujours la lance d'arrosage. Le jet tomba en plein sur la figure du jardinier qui vacilla, glissa et s'étala les quatre fers en l'air.

– C'est terrible, dit le Père Brown d'un air étonné. Par exemple, j'ai renversé un homme !

Pendant un moment, il resta immobile, la tête penchée, comme s'il regardait ou écoutait, puis il partit comme une flèche vers la Tour, traînant toujours le tuyau d'arrosage derrière lui. La Tour était fermée et ses contours étaient étrangement vagues.

– Votre brume de la rivière, dit-il, a une drôle d'odeur.

– Par Dieu, c'est vrai, s'écria Fanshaw, pâle comme un linge. Vous ne voulez pas dire...

– Je veux dire, dit le Père Brown, qu'une des prédictions scientifiques de l'Amiral s'accomplit cette nuit. Cette histoire finira en fumée.

Comme il parlait, une magnifique lueur rouge sembla fleurir comme une rose gigantesque, mais elle était accompagnée de craquements et de crépitements semblables à un rire diabolique.

– Mon Dieu ! Qu'est-ce que c'est ? cria Sir Cecil Fanshaw.

– C'est le symbole de la Tour en flammes, dit le Père Brown en dirigeant le jet du tuyau d'arrosage vers le cœur de l'incendie.

– Heureusement que nous ne nous étions pas couchés, s'écria Fanshaw. Je suppose qu'il n'y a pas de danger pour la maison ?

– Rappelez-vous donc, dit le prêtre tranquillement, que la haie qui aurait pu propager le feu a été coupée.

Flambeau fixait son regard étincelant sur son ami, mais Fanshaw dit seulement d'un air absent :

– De toute façon, personne ne sera tué.

– Cette Tour est plutôt curieuse, observa le Père Brown, quand elle se met à tuer des gens, ce sont toujours des gens qui se trouvent ailleurs.

Au même instant, le monstrueux jardinier à l'énorme barbe reparut sur la pelouse, faisant signe à d'autres d'accourir et brandissant, cette fois, non pas un rateau, mais un couteau.

Derrière lui venaient les deux nègres, armés des coutelas recourbés de la panoplie. Dans la lueur rouge sang, avec leurs figures noires et leurs vêtements jaunes, ils étaient semblables à des diables portant des instruments de torture. Dans le jardin invisible, on distinguait une voix impérieuse donnant des ordres brefs. Lorsque le prêtre entendit la voix, l'expression de son visage changea terriblement. Mais il resta calme et ne détourna pas un instant ses yeux de la flamme qui d'abord avait enflé, mais semblait maintenant diminuer en sifflant sous le jet d'eau argenté. Il gardait ses doigts sur l'orifice de la lance pour diriger le jet et il ne s'occupait de rien d'autre, s'apercevant seulement au bruit et du coin de l'œil, inconscient des événements passionnants qui se déroulaient dans l'île. Il donna deux conseils brefs à ses amis :

— Assommez ces gaillards comme vous pourrez et ligotez-les ; il y a des cordes près des fagots là-bas. Ils veulent me prendre mon beau tuyau d'arrosage.

Et :

— Dès qu'il vous sera possible, arrangez-vous pour appeler cette jeune fille du canot, elle est là-bas avec les romanichels. Demandez-lui d'apporter quelques seaux et remplissez-les à la rivière.

Puis il se tut, et continua à arroser la nouvelle fleur rouge aussi impitoyablement qu'il avait arrosé la tulipe rouge.

Il ne détournait pas la tête pour contempler l'étrange combat entre les amis et les ennemis de cet incendie mystérieux. Il sentit l'île trembler quand Flambeau empoigna l'énorme jardinier ; il imaginait seulement comment tout devait voler autour d'eux pendant leur corps à corps. Il entendit une chute retentissante et le cri de triomphe de son ami en se jetant sur le premier nègre, puis les cris des deux nègres lorsque Flambeau et Fanshaw les ligotèrent. La terrible force de Flambeau compensait l'inégalité du combat, surtout parce que le quatrième homme restait encore près de la maison et n'était qu'une ombre et qu'une voix. Il entendait aussi un bruit de rames sur l'eau, la voix de la jeune fille donnant des ordres, les voix des romanichels qui lui répondaient et à mesure qu'ils s'approchaient, le glouglou des seaux vides qu'on plongeait dans le courant ; finalement le bruit des pas de plusieurs personnes autour du feu. Mais tout cela le touchait moins que le fait que la lueur rouge qui, peu de temps auparavant, augmentait, décroissait légèrement encore une fois.

Puis il entendit un cri qui lui fit presque détourner la tête. Flambeau et Fanshaw, soutenus maintenant par quelques-uns des romanichels, s'étaient précipités vers l'homme mystérieux près de la maison et le prêtre entendit de l'autre bout du jardin le cri d'horreur et d'étonnement du Français. Un hurlement qui n'avait plus rien d'humain y répondit et l'homme leur échappa en se mettant à

courir autour du jardin. Trois fois, au moins, il fit
le tour de l'île ; c'était aussi horrible que la pour-
suite d'un fou, tant par les cris du fuyard que par
le bruit des cordes que traînaient les poursui-
vants ; c'était même plus horrible parce que cela
rappelait un jeu d'enfants dans un jardin. À la fin,
les voyant s'approcher des deux côtés, l'homme
sauta sur la rive élevée et disparut avec un clapo-
tement dans la rivière sombre.

– Je crains que vous ne puissiez plus rien faire,
dit Brown d'une voix peinée. Il est maintenant entraîné vers les rochers où il en a envoyé tant
d'autres. Il savait se servir de la légende de la famille.

– Ne parlez donc pas en charade, s'écria Flambeau avec impatience. Ne pouvez-vous le dire simplement, en mots d'une syllabe ?

– Si, répondit Brown, ses yeux fixés sur le tuyau
d'arrosage :

> *Deux yeux ouverts*
> *Tout va bien*
> *Un œil clignote*
> *Gare au naufrage.*

Le feu sifflait et diminuait, comme étouffé, il de-
venait de plus en plus petit sous les projections
combinées des seaux et de la lance d'arrosage,
mais le Père Brown n'en détourna pas les yeux en
disant :

– S'il faisait déjà clair, je demanderais à la jeune fille de regarder dans la longue-vue l'embouchure de la rivière. Elle pourrait voir quelque chose qui l'intéresserait ; le signal du bateau ramenant Mr Walter Pendragon chez lui et peut-être même le torse d'un homme sortant de l'eau parce que, n'ayant plus rien à craindre maintenant, il a très bien pu marcher sur le rivage. Il a été à deux doigts d'un naufrage et n'y aurait jamais échappé si la jeune fille n'avait pas été assez intelligente pour suspecter le vieil Amiral. N'en parlons plus. Il suffit de dire que, lorsque cette vieille Tour tout en bois résineux prenait feu, la lueur à l'horizon semblait être la lumière jumelle du phare de la côte.

– Et voilà, dit Flambeau, comment sont morts le père et le frère. Le méchant oncle des légendes a été bien près de posséder le domaine.

Le Père Brown ne répliqua pas ; d'ailleurs, il ne parlait plus, sauf pour articuler quelques politesses jusqu'au moment où tous furent réunis, sains et saufs, autour d'une boîte de cigares dans la cabine du yacht. Voyant que le feu était éteint, il n'avait pas voulu rester, bien qu'il entendît le jeune Pendragon, escorté par une foule enthousiaste ; il eût pu recevoir (s'il avait été doué de curiosité romantique) les remerciements combinés de l'homme du bateau et de la jeune fille du canot. Mais une fois de plus, il était mort de fatigue et ne s'anima que lorsque Flambeau lui dit brusquement qu'il avait laissé tomber de la cendre de cigare sur son pantalon.

– Ce n'est pas de la cendre de cigare, dit-il péniblement, cela vient du feu, mais vous n'y pensez pas parce que vous fumez tous des cigares. C'est justement de cette façon que m'est venu mon premier soupçon au sujet de la carte géographique.

– Voulez-vous parler de la carte de ces îles du Pacifique chez Pendragon ? demanda Fanshaw.

– Vous avez pensé que c'était une carte des îles du Pacifique, répondit Brown. Mettez une plume avec un fossile et un bout de corail et tout le monde croira que c'est un échantillon. Mettez la même plume avec un ruban et une fleur artificielle et tout le monde croira que c'est une garniture pour un chapeau de dame. Mettez la plume avec un flacon d'encre, un livre et une rame de papier et la plupart des hommes jureront qu'ils ont vu une plume d'oie. Cette carte se trouvait parmi des oiseaux et des coquillages tropicaux et vous avez cru que c'était une carte des îles du Pacifique. C'était la carte de cette rivière.

– Comment le savez-vous ? demanda Fanshaw.

– J'ai vu le rocher auquel vous trouvez une forme de dragon et l'autre qui ressemble à Merlin, et...

– On dirait que vous avez remarqué un tas de choses pendant ce voyage, s'écria Fanshaw. Nous qui croyions que vous étiez tout à fait distrait.

– J'avais le mal de mer, dit le Père Brown simplement. Je ne me sentais pas bien du tout. Mais cela ne m'empêche pas de voir les choses.

Et il ferma les yeux.

— Pensez-vous que beaucoup d'hommes auraient vu cela ? demanda Flambeau.

Il ne reçut pas de réponse. Le Père Brown s'était endormi.

L'absence de Mr Glass   11
Le Paradis des Voleurs   39
Les naufragés des Pendragon   71

DÉCOUVREZ LES FOLIO À 2 €

Parutions d'octobre 2005

M. DE CERVANTES   *La petite gitane*

Un portrait de femme coloré et romanesque, une nouvelle poétique et baroque par l'auteur de *Don Quichotte*.

G. K. CHESTERTON   *Trois enquêtes du Père Brown*

Trois enquêtes pleines d'humour et de fantaisie du détective du Bon Dieu.

COLLECTIF   *« Dansons autour du chaudron » Les sorcières de la littérature*

Venez danser la sarabande infernale des sorcières en compagnie des plus grands écrivains !

F. S. FITZGERALD   *Une vie parfaite* suivi de *L'Accordeur*

Le portrait de héros insouciants, capricieux et tourmentés, confrontés aux réalités de l'existence, et, à travers eux, d'une génération perdue.

J. GIONO   *Prélude de Pan et autres nouvelles*

Quatre nouvelles au goût amer, quatre textes marqués par le mal qui ronge le cœur des paysans.

K. MANSFIELD   *Mariage à la mode* précédé de *La Baie*

Par petites touches lumineuses et justes, Katherine Mansfield esquisse des portraits pleins de finesse et de sensibilité.

P. MICHON   *Vie du père Foucault − Vie de Georges Bandy*

Deux vies minuscules, ordinaires, transfigurées par le talent de Pierre Michon qui s'attache à restituer le réel avec justesse et lyrisme

.

F. O'CONNOR   *Un heureux événement* suivi de *La Personne Déplacée*

Avec une très grande justesse, Flannery O'Connor met en scène des personnages qui ont peur, peur d'eux-mêmes et des autres, et que la souffrance rend méchants.

C. PELLETIER   *Intimités et autres nouvelles*

Quatre nouvelles très noires dans lesquelles le quotidien d'héroïnes ordinaires bascule soudain dans le cauchemar.

L. DE VINCI   *Prophéties* précédé de *Philosophie* et *Aphorismes*

Avec un grand mépris des superstitions et de la crédulité des hommes, Léonard de Vinci, au gré des pages, livre ses pensées, une sagesse pratique et sa vision très personnelle du monde.

Dans la même collection

R. AKUTAGAWA   *Rashômon et autres contes* (Folio n° 3931)

M. AMIS   *L'état de l'Angleterre* précédé de *Nouvelle carrière* (Folio n° 3865)

H. C. ANDERSEN   *L'elfe de la rose et autres contes du jardin* (Folio n° 4192)

ANONYME   *Le poisson de jade et l'épingle au phénix* (Folio n° 3961)

ANONYME   *Saga de Gísli Súrsson* (Folio n° 4098)

G. APOLLINAIRE   *Les Exploits d'un jeune don Juan* (Folio n° 3757)

L. ARAGON   *Le collaborateur et autres nouvelles* (Folio n° 3618)

I. ASIMOV   *Mortelle est la nuit* précédé de *Chante-cloche* (Folio n° 4039)

H. DE BALZAC   *L'Auberge rouge* (Folio n° 4106)

T. BENACQUISTA   *La boîte noire et autres nouvelles* (Folio n° 3619)

K. BLIXEN   *L'éternelle histoire* (Folio n° 3692)

M. BOULGAKOV   *Endiablade* (Folio n° 3962)

R. BRADBURY	*Meurtres en douceur et autres nouvelles* (Folio n° 4143)
L. BROWN	*92 jours* (Folio n° 3866)
S. BRUSSOLO	*Trajets et itinéraires de l'oubli* (Folio n° 3786)
J. M. CAIN	*Faux en écritures* (Folio n° 3787)
A. CAMUS	*Jonas ou l'artiste au travail* suivi de *La pierre qui pousse* (Folio n° 3788)
T. CAPOTE	*Cercueils sur mesure* (Folio n° 3621)
T. CAPOTE	*Monsieur Maléfique et autres nouvelles* (Folio n° 4099)
A. CARPENTIER	*Les Élus et autres nouvelles* (Folio n° 3963)
C. CASTANEDA	*Stopper-le-monde* (Folio n° 4144)
R. CHANDLER	*Un mordu* (Folio n° 3926)
E. M. CIORAN	*Ébauches de vertige* (Folio n° 4100)
COLLECTIF	*Au bonheur de lire* (Folio n° 4040)
COLLECTIF	*Des mots à la bouche* (Folio n° 3927)
COLLECTIF	*Il pleut des étoiles* (Folio n° 3864)
COLLECTIF	*« Leurs yeux se rencontrèrent... »* (Folio n° 3785)
COLLECTIF	*« Ma chère Maman... »* (Folio n° 3701)
COLLECTIF	*« Mourir pour toi »* (Folio n° 4191)
COLLECTIF	*« Parce que c'était lui ; parce que c'était moi »* (Folio n° 4097)
COLLECTIF	*Un ange passe* (Folio n° 3964)
CONFUCIUS	*Les Entretiens* (Folio n° 4145)
J. CONRAD	*Jeunesse* (Folio n° 3743)
J. CORTÁZAR	*L'homme à l'affût* (Folio n° 3693)
D. DAENINCKX	*Ceinture rouge* précédé de *Corvée de bois* (Folio n° 4146)
D. DAENINCKX	*Leurre de vérité et autres nouvelles* (Folio n° 3632)
R. DAHL	*L'invité* (Folio n° 3694)
R. DAHL	*Gelée royale* précédé de *William et Mary* (Folio n° 4041)

S. DALI — *Les moustaches radar (1955-1960)* (Folio n° 4101)

M. DÉON — *Une affiche bleue et blanche et autres nouvelles* (Folio n° 3754)

D. DIDEROT — *Lettre sur les aveugles à l'usage de ceux qui voient* (Folio n° 4042)

R. DUBILLARD — *Confession d'un fumeur de tabac français* (Folio n° 3965)

S. ENDO — *Le dernier souper et autres nouvelles* (Folio n° 3867)

ÉPICTÈTE — *De la liberté* précédé de *De la profession de Cynique* (Folio n° 4193)

W. FAULKNER — *Le Caïd et autres nouvelles* (Folio n° 4147)

W. FAULKNER — *Une rose pour Emily et autres nouvelles* (Folio n° 3758)

F. S. FITZGERALD — *La Sorcière rousse* précédé de *La coupe de cristal taillé* (Folio n° 3622)

C. FUENTES — *Apollon et les putains* (Folio n° 3928)

GANDHI — *La voie de la non-violence* (Folio n° 4148)

R. GARY — *Une page d'histoire et autres nouvelles* (Folio n° 3753)

J. GIONO — *Arcadie… Arcadie…* précédé de *La pierre* (Folio n° 3623)

W. GOMBROWICZ — *Le festin chez la comtesse Fritouille et autres nouvelles* (Folio n° 3789)

H. GUIBERT — *La chair fraîche et autres textes* (Folio n° 3755)

E. HEMINGWAY — *L'étrange contrée* (Folio n° 3790)

E. HEMINGWAY — *Histoire naturelle des morts et autres nouvelles* (Folio n° 4194)

C. HIMES — *Le fantôme de Rufus Jones et autres nouvelles* (Folio n° 4102)

E. T. A. HOFFMANN — *Le Vase d'or* (Folio n° 3791)

P. ISTRATI — *Mes départs* (Folio n° 4195)

H. JAMES — *Daisy Miller* (Folio n° 3624)

T. JONQUET — *La folle aventure des Bleus...* suivi de *DRH* (Folio n° 3966)

F. KAFKA — *Lettre au père* (Folio n° 3625)

J. KEROUAC — *Le vagabond américain en voie de disparition* précédé de *Grand voyage en Europe* (Folio n° 3694)

J. KESSEL — *Makhno et sa juive* (Folio n° 3626)

R. KIPLING — *La marque de la Bête et autres nouvelles* (Folio n° 3753)

LAO SHE — *Histoire de ma vie* (Folio n° 3627)

LAO-TSEU — *Tao-tö king* (Folio n° 3696)

J. M. G. LE CLÉZIO — *Peuple du ciel* suivi de *Les bergers* (Folio n° 3792)

H. P. LOVECRAFT — *La peur qui rôde et autres nouvelles* (Folio n° 4196)

P. MAGNAN — *L'arbre* (Folio n° 3697)

G. DE MAUPASSANT — *Le Verrou et autres contes grivois* (Folio n° 4149)

I. McEWAN — *Psychopolis et autres nouvelles* (Folio n° 3628)

H. MILLER — *Plongée dans la vie nocturne...* précédé de *La boutique du Tailleur* (Folio n° 3929)

S. MINOT — *Une vie passionnante et autres nouvelles* (Folio n° 3967)

Y. MISHIMA — *Dojoji et autres nouvelles* (Folio n° 3629)

Y. MISHIMA — *Martyre* précédé de *Ken* (Folio n° 4043)

M. DE MONTAIGNE — *De la vanité* (Folio n° 3793)

E. MORANTE — *Donna Amalia et autres nouvelles* (Folio n° 4044)

V. NABOKOV — *Un coup d'aile* suivi de *La Vénitienne* (Folio n° 3930)

P. NERUDA	*La solitude lumineuse* (Folio n° 4103)
K. OÉ	*Gibier d'élevage* (Folio n° 3752)
L. OULITSKAÏA	*La maison de Lialia et autres nouvelles* (Folio n° 4045)
C. PAVESE	*Terre d'exil et autres nouvelles* (Folio n° 3868)
L. PIRANDELLO	*Première nuit et autres nouvelles* (Folio n° 3794)
E. A. POE	*Aventure sans pareille d'un certain Hans Pfaall* (Folio n° 3862)
R. RENDELL	*L'Arbousier* (Folio n° 3620)
P. ROTH	*L'habit ne fait pas le moine* précédé de *Défenseur de la foi* (Folio n° 3630)
D. A. F. DE SADE	*Ernestine. Nouvelle suédoise* (Folio n° 3698)
D. A. F. DE SADE	*La Philosophie dans le boudoir* (Les quatre premiers dialogues) (Folio n° 4150)
A. DE SAINT-EXUPÉRY	*Lettre à un otage* (Folio n° 4104)
J.-P. SARTRE	*L'enfance d'un chef* (Folio n° 3932)
B. SCHLINK	*La circoncision* (Folio n° 3869)
L. SCIASCIA	*Mort de l'Inquisiteur* (Folio n° 3631)
SÉNÈQUE	*De la constance du sage* suivi de *De la tranquillité de l'âme* (Folio n° 3933)
G. SIMENON	*L'énigme de la* Marie-Galante (Folio n° 3863)
D. SIMMONS	*Les Fosses d'Iverson* (Folio n° 3968)
I. B. SINGER	*La destruction de Kreshev* (Folio n° 3871)
P. SOLLERS	*Liberté du XVIIIème* (Folio n° 3756)
STENDHAL	*Féder ou Le Mari d'argent* (Folio n° 4197)
R. L. STEVENSON	*Le Club du suicide* (Folio n° 3934)

I. SVEVO — *L'assassinat de la Via Belpoggio et autres nouvelles* (Folio n° 4151)

R. TAGORE — *La petite mariée* suivi de *Nuage et soleil* (Folio n° 4046)

J. TANIZAKI — *Le coupeur de roseaux* (Folio n° 3969)

J. TANIZAKI — *Le meurtre d'O-Tsuya* (Folio n° 4198)

A. TCHEKHOV — *Une banale histoire* (Folio n° 4105)

L. TOLSTOÏ — *Le réveillon du jeune tsar et autres contes* (Folio n° 4199)

I. TOURGUÉNIEV — *Clara Militch* (Folio n° 4047)

M. TOURNIER — *Lieux dits* (Folio n° 3699)

M. VARGAS LLOSA — *Les chiots* (Folio n° 3760)

P. VERLAINE — *Chansons pour elle et autres poèmes érotiques* (Folio n° 3700)

VOLTAIRE — *Traité sur la Tolérance* (Folio n° 3870)

H. G. WELLS — *Un rêve d'Armageddon* précédé de *La porte dans le mur* (Folio n° 4048)

E. WHARTON — *Les lettres* (Folio n° 3935)

O. WILDE — *La Ballade de la geôle de Reading* précédé de *Poèmes* (Folio n° 4200)

R. WRIGHT — *L'homme qui vivait sous terre* (Folio n° 3970)

COLLECTION FOLIO

Dernières parutions

3909. Ahmed Abodehman   *La ceinture.*
3910. Jules Barbey d'Aurevilly *Les diaboliques.*
3911. George Sand   *Lélia.*
3912. Amélie de
     Bourbon Parme   *Le sacre de Louis XVII.*
3913. Erri de Luca   *Montedidio.*
3914. Chloé Delaume   *Le cri du sablier.*
3915. Chloé Delaume   *Les mouflettes d'Atropos.*
3916. Michel Déon   *Taisez-vous... J'entends venir
     un ange.*
3917. Pierre Guyotat   *Vivre.*
3918. Paula Jacques   *Gilda Stambouli souffre et se
     plaint.*
3919. Jacques Rivière   *Une amitié d'autrefois.*
3920. Patrick McGrath   *Martha Peake.*
3921. Ludmila Oulitskaïa   *Un si bel amour.*
3922. J.-B. Pontalis   *En marge des jours.*
3923. Denis Tillinac   *En désespoir de causes.*
3924. Jerome Charyn   *Rue du Petit-Ange.*
3925. Stendhal   *La Chartreuse de Parme.*
3926. Raymond Chandler   *Un mordu.*
3927. Collectif   *Des mots à la bouche.*
3928. Carlos Fuentes   *Apollon et les putains.*
3929. Henry Miller   *Plongée dans la vie nocturne.*
3930. Vladimir Nabokov   *La Vénitienne* précédé d'*Un
     coup d'aile.*
3931. Ryûnosuke Akutagawa   *Rashômon* et autres contes.
3932. Jean-Paul Sartre   *L'enfance d'un chef.*
3933. Sénèque   *De la constance du sage.*
3934. Robert Louis Stevenson   *Le club du suicide.*
3935. Edith Wharton   *Les lettres.*
3936. Joe Haldeman   *Les deux morts de John Speidel.*
3937. Roger Martin du Gard   *Les Thibault I.*
3938. Roger Martin du Gard   *Les Thibault II.*

3939. François Armanet — *La bande du drugstore.*
3940. Roger Martin du Gard — *Les Thibault III.*
3941. Pierre Assouline — *Le fleuve Combelle.*
3942. Patrick Chamoiseau — *Biblique des derniers gestes.*
3943. Tracy Chevalier — *Le récital des anges.*
3944. Jeanne Cressanges — *Les ailes d'Isis.*
3945. Alain Finkielkraut — *L'imparfait du présent.*
3946. Alona Kimhi — *Suzanne la pleureuse.*
3947. Dominique Rolin — *Le futur immédiat.*
3948. Philip Roth — *J'ai épousé un communiste.*
3949. Juan Rulfo — *Le Llano en flammes.*
3950. Martin Winckler — *Légendes.*
3951. Fédor Dostoïevski — *Humiliés et offensés.*
3952. Alexandre Dumas — *Le Capitaine Pamphile.*
3953. André Dhôtel — *La tribu Bécaille.*
3954. André Dhôtel — *L'honorable Monsieur Jacques.*
3955. Diane de Margerie — *Dans la spirale.*
3956. Serge Doubrovski — *Le livre brisé.*
3957. La Bible — *Genèse.*
3958. La Bible — *Exode.*
3959. La Bible — *Lévitique-Nombres.*
3960. La Bible — *Samuel.*
3961. Anonyme — *Le poisson de jade.*
3962. Mikhaïl Boulgakov — *Endiablade.*
3963. Alejo Carpentier — *Les Élus et autres nouvelles.*
3964. Collectif — *Un ange passe.*
3965. Roland Dubillard — *Confessions d'un fumeur de tabac français.*
3966. Thierry Jonquet — *La leçon de management.*
3967. Suzan Minot — *Une vie passionnante.*
3968. Dann Simmons — *Les Fosses d'Iverson.*
3969. Junichirô Tanizaki — *Le coupeur de roseaux.*
3970. Richard Wright — *L'homme qui vivait sous terre.*
3971. Vassilis Alexakis — *Les mots étrangers.*
3972. Antoine Audouard — *Une maison au bord du monde.*
3973. Michel Braudeau — *L'interprétation des singes.*
3974. Larry Brown — *Dur comme l'amour.*
3975. Jonathan Coe — *Une touche d'amour.*
3976. Philippe Delerm — *Les amoureux de l'Hôtel de Ville.*
3977. Hans Fallada — *Seul dans Berlin.*

3978. Franz-Olivier Giesbert   *Mort d'un berger.*
3979. Jens Christian Grøndahl   *Bruits du cœur.*
3980. Ludovic Roubaudi   *Les Baltringues.*
3981. Anne Wiazemski   *Sept garçons.*
3982. Michel Quint   *Effroyables jardins.*
3983. Joseph Conrad   *Victoire.*
3984. Émile Ajar   *Pseudo.*
3985. Olivier Bleys   *Le fantôme de la Tour Eiffel.*
3986. Alejo Carpentier   *La danse sacrale.*
3987. Milan Dargent   *Soupe à la tête de bouc.*
3988. André Dhôtel   *Le train du matin.*
3989. André Dhôtel   *Des trottoirs et des fleurs.*
3990. Philippe Labro/   *Lettres d'Amérique.*
      Olivier Barrot   *Un voyage en littérature.*
3991. Pierre Péju   *La petite Chartreuse.*
3992. Pascal Quignard   *Albucius.*
3993. Dan Simmons   *Les larmes d'Icare.*
3994. Michel Tournier   *Journal extime.*
3995. Zoé Valdés   *Miracle à Miami.*
3996. Bossuet   *Oraisons funèbres.*
3997. Anonyme   *Jin Ping Mei I.*
3998. Anonyme   *Jin Ping Mei II.*
3999. Pierre Assouline   *Grâces lui soient rendues.*
4000. Philippe Roth   *La tache.*
4001. Frederick Busch   *L'inspecteur de nuit.*
4002. Christophe Dufossé   *L'heure de la sortie.*
4003. William Faulkner   *Le domaine.*
4004. Sylvie Germain   *La Chanson des mal-aimants.*
4005. Joanne Harris   *Les cinq quartiers de l'orange.*
4006. Leslie kaplan   *Les Amants de Marie.*
4007. Thierry Metz   *Le journal d'un manœuvre.*
4008. Dominique Rolin   *Plaisirs.*
4009. Jean-Marie Rouart   *Nous ne savons pas aimer.*
4010. Samuel Butler   *Ainsi va toute chair.*
4011. George Sand   *La petite Fadette.*
4012. Jorge Amado   *Le Pays du Carnaval.*
4013. Alessandro Baricco   *L'âme d'Hegel et les vaches du Wisconsin.*
4014. La Bible   *Livre d'Isaïe.*
4015. La Bible   *Paroles de Jérémie-Lamentations.*

4016. La Bible   *Livre de Job.*

4017. La Bible   *Livre d'Ezéchiel.*

4018. Frank Conroy   *Corps et âme.*

4019. Marc Dugain   *Heureux comme Dieu en France.*

4020. Marie Ferranti   *La Princesse de Mantoue.*

4021. Mario Vargas Llosa   *La fête au Bouc.*

4022. Mario Vargas Llosa   *Histoire de Mayta.*

4023. Daniel Evan Weiss   *Les cafards n'ont pas de roi.*

4024. Elsa Morante   *La Storia.*

4025. Emmanuèle Bernheim   *Stallone.*

4026. Françoise Chandernagor   *La chambre.*

4027. Philippe Djian   *Ça, c'est un baiser.*

4028. Jérôme Garcin   *Théâtre intime.*

4029. Valentine Goby   *La note sensible.*

4030. Pierre Magnan   *L'enfant qui tuait le temps.*

4031. Amos Oz   *Les deux morts de ma grand-mère.*

4032. Amos Oz   *Une panthère dans la cave.*

4033. Gisèle Pineau   *Chair Piment.*

4034. Zeruya Shalev   *Mari et femme.*

4035. Jules Verne   *La Chasse au météore.*

4036. Jules Verne   *Le Phare du bout du Monde.*

4037. Gérard de Cortanze   *Jorge Semprun.*

4038. Léon Tolstoï   *Hadji Mourat.*

4039. Isaac Asimov   *Mortelle est la nuit.*

4040. Collectif   *Au bonheur de lire.*

4041. Roald Dahl   *Gelée royale.*

4042. Denis Diderot   *Lettre sur les Aveugles.*

4043. Yukio Mishima   *Martyre.*

4044. Elsa Morante   *Donna Amalia.*

4045. Ludmila Oulitskaïa   *La maison de Lialia.*

4046. Rabindranath Tagore   *La petite mariée.*

4047. Ivan Tourguéniev   *Clara Militch.*

4048. H.G. Wells   *Un rêve d'Armageddon.*

4049. Michka Assayas   *Exhibition.*

4050. Richard Bausch   *La saison des ténèbres.*

4051. Saul Bellow   *Ravelstein.*

4052. Jerome Charyn   *L'homme qui rajeunissait.*

4053. Catherine Cusset   *Confession d'une radine.*

4055. Thierry Jonquet   *La Vigie* (à paraître).

4056.	Erika Krouse	*Passe me voir un de ces jours.*
4057.	Philippe Le Guillou	*Les marées du Faou.*
4058.	Frances Mayes	*Swan.*
4059.	Joyce Carol Oates	*Nulle et Grande Gueule.*
4060.	Edgar Allan Poe	*Histoires extraordinaires.*
4061.	George Sand	*Lettres d'une vie.*
4062.	Frédéric Beigbeder	*99 francs.*
4063.	Balzac	*Les Chouans.*
4064.	Bernardin de Saint Pierre	*Paul et Virginie.*
4065.	Raphaël Confiant	*Nuée ardente.*
4066.	Florence Delay	*Dit Nerval.*
4067.	Jean Rolin	*La clôture.*
4068.	Philippe Claudel	*Les petites mécaniques.*
4069.	Eduardo Barrios	*L'enfant qui devint fou d'amour.*
4070.	Neil Bissoondath	*Un baume pour le cœur.*
4071.	Jonahan Coe	*Bienvenue au club.*
4072.	Toni Davidson	*Cicatrices.*
4073.	Philippe Delerm	*Le buveur de temps.*
4074.	Masuji Ibuse	*Pluie noire.*
4075.	Camille Laurens	*L'Amour, roman.*
4076.	François Nourissier	*Prince des berlingots.*
4077.	Jean d'Ormesson	*C'était bien.*
4078.	Pascal Quignard	*Les Ombres errantes.*
4079.	Isaac B. Singer	*De nouveau au tribunal de mon père.*
4080.	Pierre Loti	*Matelot.*
4081.	Edgar Allan Poe	*Histoires extraordinaires.*
4082.	Lian Hearn	*Le clan des Otori, II : les Neiges de l'exil.*
4083.	La Bible	*Psaumes.*
4084.	La Bible	*Proverbes.*
4085.	La Bible	*Évangiles.*
4086.	La Bible	*Lettres de Paul.*
4087.	Pierre Bergé	*Les jours s'en vont je demeure.*
4088.	Benjamin Berton	*Sauvageons.*
4089.	Clémence Boulouque	*Mort d'un silence.*
4090.	Paule Constant	*Sucre et secret.*
4091.	Nicolas Fargues	*One Man Show.*
4092.	James Flint	*Habitus.*
4093.	Gisèle Fournier	*Non-dits.*

4094. Iegor Gran — *O.N.G.!*
4095. J.M.G. Le Clézio — *Révolutions.*
4096. Andreï Makine — *La terre et le ciel de Jacques Dorme.*
4097. Collectif — *«Parce que c'était lui, parce-que c'était moi».*
4098. Anonyme — *Saga de Gisli Súrsson.*
4099. Truman Capote — *Monsieur Maléfique* et autres nouvelles.
4100. E.M. Cioran — *Ébauches de vertige.*
4101. Salvador Dali — *Les moustaches radar.*
4102. Chester Himes — *Le fantôme de Rufus Jones* et autres nouvelles.
4103. Pablo Neruda — *La solitude lumineuse.*
4104. Antoine de St-Exupéry — *Lettre à un otage.*
4105. Anton Tchekhov — *Une banale histoire.*
4106. Honoré de Balzac — *L'Auberge rouge.*
4107. George Sand — *Consuelo I.*
4108. George Sand — *Consuelo II.*
4109. André Malraux — *Lazare.*
4110 Cyrano de Bergerac — *L'autre monde.*
4111 Alessandro Baricco — *Sans sang.*
4112 Didier Daeninckx — *Raconteur d'histoires.*
4113 André Gide — *Le Ramier.*
4114. Richard Millet — *Le renard dans le nom.*
4115. Susan Minot — *Extase.*
4116. Nathalie Rheims — *Les fleurs du silence.*
4117. Manuel Rivas — *La langue des papillons.*
4118. Daniel Rondeau — *Istanbul.*
4119. Dominique Sigaud — *De chape et de plomb.*
4120. Philippe Sollers — *L'Étoile des amants.*
4121. Jacques Tournier — *À l'intérieur du chien.*
4122. Gabriel Sénac de Meilhan — *L'Émigré.*
4123. Honoré de Balzac — *Le Lys dans la vallée.*
4124. Lawrence Durrell — *Le Carnet noir.*
4125. Félicien Marceau — *La grande fille.*
4126. Chantal Pelletier — *La visite.*
4127. Boris Schreiber — *La douceur du sang.*
4128. Angelo Rinaldi — *Tout ce que je sais de Marie.*
4129. Pierre Assouline — *État limite.*
4130. Élisabeth Barillé — *Exaucez-nous.*

4131. Frédéric Beigbeder   *Windows on the World.*
4132. Philippe Delerm   *Un été pour mémoire.*
4133. Colette Fellous   *Avenue de France.*
4134. Christian Garcin   *Du bruit dans les arbres.*
4135. Fleur Jaeggy   *Les années bienheureuses du châtiment.*
4136. Chateaubriand   *Itinéraire de Paris à Jerusalem.*
4137. Pascal Quignard   *Sur le jadis. Dernier royaume, II.*
4138. Pascal Quignard   *Abîmes. Dernier Royaume, III.*
4139. Michel Schneider   *Morts imaginaires.*
4140. Zeruya Shalev   *Vie amoureuse.*
4141. Frédéric Vitoux   *La vie de Céline.*
4142. Fédor Dostoïevski   *Les Pauvres Gens.*
4143. Ray Bradbury   *Meurtres en douceur.*
4144. Carlos Castaneda   *Stopper-le-monde.*
4145. Confucius   *Entretiens.*
4146. Didier Daeninckx   *Ceinture rouge.*
4147. William Faulkner   *Le Caïd.*
4148. Gandhi   *La voie de la non-violence.*
4149. Guy de Maupassant   *Le Verrou et autres contes grivois.*
4150. D. A. F. de Sade   *La Philosophie dans le boudoir.*
4151. Italo Svevo   *L'assassinat de la Via Belpoggio.*
4152. Laurence Cossé   *Le 31 du mois d'août.*
4153. Benoît Duteurtre   *Service clientèle.*
4154. Christine Jordis   *Bali, Java, en rêvant.*
4155. Milan Kundera   *L'ignorance.*
4156. Jean-Marie Laclavetine   *Train de vies.*
4157. Paolo Lins   *La Cité de Dieu.*
4158. Ian McEwan   *Expiation.*
4159. Pierre Péju   *La vie courante.*
4160. Michael Turner   *Le Poème pornographe.*
4161. Mario Vargas Llosa   *Le Paradis — un peu plus loin.*
4162. Martin Amis   *Expérience.*
4163. Pierre-Autun Grenier   *Les radis bleus.*
4164. Isaac Babel   *Mes premiers honoraires.*
4165. Michel Braudeau   *Retour à Miranda.*
4166. Tracy Chevalier   *La Dame à la Licorne.*
4167. Marie Darrieussecq   *White.*
4168. Carlos Fuentes   *L'instinct d'Iñez.*
4169. Joanne Harris   *Voleurs de plage.*

4170. Régis Jauffret   *univers, univers.*
4171. Philippe Labro   *Un Américain peu tranquille.*
4172. Ludmila Oulitskaïa   *Les pauvres parents.*
4173. Daniel Pennac   *Le dictateur et le hamac.*
4174. Alice Steinbach   *Un matin je suis partie.*
4175. Jules Verne   *Vingt mille lieues sous les mers.*
4176. Jules Verne   *Aventures du capitaine Hatteras.*
4177. Emily Brontë   *Hurlevent.*
4178. Philippe Djian   *Frictions.*
4179. Éric Fottorino   *Rochelle.*
4180. Christian Giudicelli   *Fragments tunisiens.*
4181. Serge Joncour   *U.V.*
4182. Philippe Le Guillou   *Livres des guerriers d'or.*
4183. David McNeil   *Quelques pas dans les pas d'un ange.*
4184. Patrick Modiano   *Accident nocturne.*
4185. Amos Oz   *Seule la mer.*
4186. Jean-Noël Pancrazi   *Tous s'est passé si vite.*
4187. Danièle Sallenave   *La vie fantôme.*
4188. Danièle Sallenave   *D'amour.*
4189. Philippe Sollers   *Illuminations.*
4190. Henry James   *La Source sacrée.*
4191. Collectif   *«Mourir pour toi».*
4192. Hans Christian Andersen   *L'elfe de la rose et autres contes du jardin.*
4193. Épictète   *De la liberté* précédé de *De la profession de Cynique.*
4194. Ernest Hemingway   *Histoire naturelle des morts* et autres nouvelles.
4195. Panaït Istrati   *Mes départs.*
4196. H. P. Lovecraft   *La peur qui rôde et autres nouvelles.*
4197. Stendhal   *Féder ou Le Mari d'argent.*
4198. Junichirô Tanizaki   *Le meurtre d'O-Tsuya.*
4199. Léon Tolstoï   *Le réveillon du jeune tsar et autres contes.*
4200. Oscar Wilde   *La Ballade de la geôle de Reading.*
4201. Collectif   *Témoins de Sartre.*

4202. Balzac — *Le Chef-d'œuvre inconnu.*
4203. George Sand — *François le Champi.*
4204. Constant — *Adolphe. Le Cahier rouge. Cécile.*
4205. Flaubert — *Salammbô.*
4206. Rudyard Kipling — *Kim.*
4207. Flaubert — *L'Éducation sentimentale.*
4208. Olivier Barrot/ Bernard Rapp — *Lettres anglaises.*
4209. Pierre Charras — *Dix-neuf secondes.*
4210. Raphaël Confiant — *La panse du chacal.*
4211 Erri De Luca — *Le contraire de un.*
4212. Philippe Delerm — *La sieste assassinée.*
4213. Angela Huth — *Amour et désolation.*
4214. Alexandre Jardin — *Les Coloriés.*
4215. Pierre Magnan — *Apprenti.*
4216. Arto Paasilinna — *Petits suicides entre amis.*
4217. Alix de Saint-André — *Ma Nanie,*
4218. Patrick Lapeyre — *L'homme-soeur.*
4219. Gérard de Nerval — *Les Filles du feu.*
4220. Anonyme — *La Chanson de Roland.*
4221. Maryse Condé — *Histoire de la femme cannibale.*
4222. Didier Daeninckx — *Main courante* et *Autres lieux.*
4223. Caroline Lamarche — *Carnets d'une soumise de province.*
4224. Alice McDermott — *L'arbre à sucettes.*
4225. Richard Millet — *Ma vie parmi les ombres.*
4226. Laure Murat — *Passage de l'Odéon.*
4227. Pierre Pelot — *C'est ainsi que les hommes vivent.*
4228. Nathalie Rheims — *L'ange de la dernière heure.*
4229. Gilles Rozier — *Un amour sans résistance.*
4230. Jean-Claude Rufin — *Globalia.*
4231. Dai Sijie — *Le complexe de Di.*
4232. Yasmina Traboulsi — *Les enfants de la Place.*
4233. Martin Winckler — *La Maladie de Sachs.*
4234. Cees Nooteboom — *Le matelot sans lèvres.*
4235. Alexandre Dumas — *Le Chevalier de Maison-Rouge*

Composition Nord Compo
Impression Novoprint
à Barcelone, le 08 septembre 2005
Dépôt legal : septembre 2005

ISBN 2-07-031816-8./Imprimé en Espagne.